KB112265

# 거울 속의 그녀

# 거울 속의 그녀

발행일 2018년 3월 16일

지은이 이 세 연
펴낸이 손 형 국
펴낸곳 (주)북랩
편집인 선일영 편집 권혁신, 오경진, 최예은, 최승헌
디자인 이현수, 김민하, 한수희, 김윤주, 허지혜 제작 박기성, 황동현, 구성우, 정성배
마케팅 김회란, 박진관, 유한호
출판등록 2004. 12. 1(제2012-000051호)
주소 서울시 금천구 가산디지털 1로 168, 우림라이온스밸리 B동 B113, 114호
홈페이지 www.book.co.kr
전화번호 (02)2026-5777 팩스 (02)2026-5747

ISBN 979-11-5987-972-2 03810 (종이책) 979-11-6299-028-5 05810 (전자책)

잘못된 책은 구입한 곳에서 교환해드립니다.
이 책은 저작권법에 따라 보호받는 저작물이므로 무단 전재와 복제를 금합니다.

이 도서의 국립중앙도서관 출판예정도서목록(CIP)은 서지정보유통지원시스템 홈페이지(http://seoji.nl.go.kr)와 국가자료공동목록시스템(http://www.nl.go.kr/kolisnet)에서 이용하실 수 있습니다.)
(CIP제어번호 : CIP2018007582)

**(주)북랩** 성공출판의 파트너

북랩 홈페이지와 패밀리 사이트에서 다양한 출판 솔루션을 만나 보세요!

**홈페이지** book.co.kr • **블로그** blog.naver.com/essaybook • **원고모집** book@book.co.kr

# 거울 속의 그녀

이세연 시집

북랩book Lab

차례

# 거울 속의 그녀

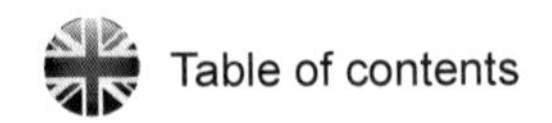

# The woman in the mirror

# 鏡の中の彼女

# La femme dans le mirroir

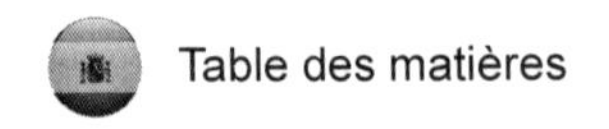


# La mujer en el espejo

# 거울 속의 그녀

이세연 시집

# 서문

'꿈은 이루어진다'고 우리는 말한다. 나에게 꿈은 희망이라는 항구의 등대이다. 일상의 삶이 바다라면 맑은 날에는 꿈으로 가는 길을 공부하고, 칠흙같은 밤 거센 풍랑에 부서질 것 같은 때에도 온 힘을 다해 등대가 있는 방향으로 노를 저었다.

이십여 년 전에 수일째 내리지 않는 고열로 병원 신세를 지던 때가 있었다. 고열이 주는 고통으로 안절부절 못하면서도 나는 환자복 주머니에 작은 메모지 한 장과 몽당연필 그리고 외우려고 적은 영어 단어 수첩은 늘 지니고 있었다.

회진을 온 의사나 간호사들이 내게 무슨 큰 시험을 앞두고 있냐고 물었고 나는 그냥 웃어 보였던 기억이 난다. 그렇게 아주 늦은 나이에 영어공부를 다시 시작하면서부터 언젠가 내가 쓴 시를 다른 언어로 번역하겠다는 꿈을 키우기 시작한 것 같다.

그 후 필리핀에서 학부를 마쳤고, 일본에서 몇 년을 살아냈고, 소르본에서 불어를 배웠으며, 지금도 스페인에서 학교를 다니고 있다. 새로운 언어를 배울 때마다 만나는 외국친구들과 나를 가르쳐 준 선생님들의 바람으로 시를 한 편씩 번역했다. 내가 쓴 시를 스스로 번역하면서 외국어에 능통하다고 해서 시를 잘 번역할 수 있는 것은 아니라는 걸 깨닫게 되었다. 그러다 보니 몇 편의 시는 외국어를 배우며 살면서 그곳에서 우러나는 감정을 그 곳의 언어로 쓰고 다시 우리말로 번역하기도 했다.

그 결과로 첫 번째 시집 『홀로 서기를 위하여』, 두 번째 시집 『꽃의 독백』, 세 번째 시집 『새의 비상』을 출간하였다. 그 후 나의 네 번째 시집이며 오랜 기간 꿈꿔오던 다국어 시집 『거울 속의 그녀』를 발간하게 되었다. 같은 시 작품을 한국어에서 영어, 일본어, 프랑스어, 스페인어 4개 국어로 번역하며 힘들었던 점은 어떻게 해야 원본 시에 담긴 메시지와 정서를 가장 가깝게 전달할 수 있을까 고민하는 시간이었다.

내가 이야기하고 싶고 전달하고 싶은 감정 표현의 어휘가 다른 언어에 없기도 한 까닭에 오래 고심하다가

단어의 번역도 중요하지만 본래의 이미지를 충실하게 반영하기로 결정했다.

한글로 내 시를 읽은 독자나 외국어를 공부하는 학생이 번역된 시를 읽고 싶다거나, 한글을 배우는 호기심 많은 프랑스 학생이 내 시를 읽을 수도 있을 것이다. 그래서 번역 시의 어휘 선택과 문법의 정확성을 다시 한 번 각 언어의 원어민 선생님들로부터 확인받는 과정도 거쳤다.

이 책은 내가 하고 싶은 공부에 전념하도록 항상 격려해 주고 다국어 시집이 나오기까지 한결같이 도와준 나의 프랑스어 선생님이며 동반자인 디디에에게 기쁜 선물이 될 것이다. 또 평생 공부하고 있는 엄마에게 늘 힘이 되어 주고 고단할 터인데도 이 책의 시작부터 마지막 편집까지 모든 시간을 내어 준 딸 연재와 응원의 박수를 아끼지 않는 아들 세민에게 반가운 선물이 되길 기대한다.

더불어 멀리 있어도 언제나 시심을 붙들고 살라는 글을 주시는 최은하 선생님께 은혜의 보답이 되면 좋겠다. 그리고 모두가 천사라고 불렀던 마닐라 시립대의 앨리자베스 교수님, 친구처럼 다정한 소르본대의 뮤리엘 교수님, 도쿄 니치베이 어학원의 선생님들, 또 내게 언제고 시간을 내어 주는 스페인어 올가 선생님을 비롯해 이제까지의 모든 선생님들을 향해 큰소리로 감사하다고 외치고 싶다.

이 책의 출간을 위해 조언과 힘을 실어준 고은별(동화작가, 기자)과 멀리 일본에서 내가 있는 스페인까지 마지막 교정을 도와주러 와 준 하루미 후지(동화작가, 기자). 이 두 친구들의 큰 우정과 수고에 답례가 되면 기쁘겠다.

# 한 편의 영화처럼

오늘 나는 알아버렸다
우리 엄마만큼 내가 늙었다는 사실을
엄마는 어느 날 엄마의 엄마가 간 길을 따라 떠나셨다
나의 할머니가 가셨고 내 엄마가 가신 그 길
어디쯤을 지금 나도 가고 있다
한 편의 영화처럼

내겐 추억의 방이 하나 있다
살아온 날 만큼 어지러져 있는 방
시간에 양 팔 끌려 다니느라
돌보지 못했던 날들이
아무렇게나 뒤죽박죽 쌓여 있는 방
지금 그 방으로 들어왔다
한 편의 영화처럼

방을 둘러본다
작은 창으로 해지는 들녘이 보이고
창가에 작은 앉은뱅이 책상이 있다

- 책상 위에 『어린왕자』가 놓여 있고
종이로 만든 피아노 건반도 있다
내가 그 건반을 연주하고
옆에서 여동생이 노래를 한다
종이 피아노에서 소리가 난다
우리는 피아노 소리에 맞춰 즐겁게 노래를 부른다
그 때 저녁 먹으라는 어머니 목소리가 들린다
만두국 냄새가 집 안에 가득하다
남동생들이 식탁 앞에서 떠들고 있고
아버지는 언제나처럼 말 없이 웃고 계신다
순간 어디선가 들이친 바람에
종이 피아노가 날아간다
한 편의 영화처럼

책상 옆 선반 위에 빛바랜 과자상자가 하나 있다
나는 그 상자를 열려고 하다가 떨어뜨린다
그 안에 있던 편지랑 엽서들이 방 바닥에 흩어진다
갈색 봉투 하나가 내 시선을 끌어당긴다

- 나는 국화꽃이 만발한 공원의 벤치에 앉아 있고
한 청년이 봉투를 내게 건넨다
그 안에 그 날 받은 그의 월급과
손으로 쓴 이력서가 들어 있다
그는 진지하게 청혼을 하고
나는 그 청년의 진실함에 설득된다
새벽마다 나는 도시락을 만들어 가방에 넣어 주고
새신랑은 그 가방을 들고 출근한다
남편은 자주 해외로 출장을 가고 돌아온다
나는 비발디의 사계절을 들으며
아기 양말을 뜨개질한다
나는 딸에게 동화책을 읽어 주고
아이는 고개를 끄덕이며 페이지를 넘긴다
곁에는 시어머니가 갓난아이를 안고
흐뭇한 표정을 짓고 있다
남편은 매일 아침 회사에 갔다가
매일 밤 집으로 돌아온다
우리는 새 아파트로 이사를 한다

그는 거실에 피아노를 들여 주고
나는 꽃화분들을 늘려 간다
일요일 저녁, 나는 딸과 함께 피아노를 치고
남편과 시어머니는 소파에 앉아 박수를 보낸다
아들은 덩달아 손뼉을 친다
월요일 아침, 그는 가방을 들고 일하러 간다
아들은 내 팔에 안겨 있고
딸아이는 아빠에게 입맞춤을 한다
그는 평소처럼 다정한 미소를 보이며 집을 나선다
그리곤 집으로 돌아오지 않는다
한 편의 영화처럼

방 한 구석에
먼지 덮힌 상자가 두 개 있다
첫 번째 상자를 연다
- 전화벨이 요란스럽게 울린다
나는 들고 있었던 전화기를 떨어뜨리고 주저앉으며
곁에 있던 두 아이를 끌어안고 통곡한다

한 남자아이가 장례식장에서 세발자전거를 타고 논다
너무 어려서 죽음이나 이별을 모르는 아들이
내게 다가와서 교통사고가 무엇이냐고 묻는다
거실에 놓인 화분들이 하나씩 둘씩 말라 시들고
나도 그 꽃들처럼 서서히 시들어 간다
어느 아침
나는 겹겹이 눈물로 얼룩진 얼굴을 하고
내 품에 기대어 자고 있는 아들을 내려다본다
이 아이는 이별도 슬픔도 알지 못하면서
엄마가 울면 누나가 따라 우니까
덩달아 누나를 따라서 같이 운다
나는 물수건으로 아들의 얼굴을 정성껏 닦아 준다
그리고 부엌으로 가서 다시 밥을 먹기 시작한다
한 편의 영화처럼

**두 번째 상자를 열고 뒤적거리다가**
**상자 맨 밑에 누렇게 바랜 책 한 권을 꺼낸다**
**그 책, 『어린왕자』를 펼친다**

**책갈피에 초록빛 네잎클로버가 꽂혀 있다**
- 그날의 싱그런 풀꽃향기가 사방에서 밀려온다
풀밭에서 놀던 두 아이가
행운이라며 내 손바닥에 네잎클로버를 쥐어 주고
더 많은 행운을 찾아오겠다며 풀밭으로 돌아간다
나는 그들을 보며 미소짓고 있다
가슴이 따듯해진다
**책갈피 불룩한 부분을 펼쳐 본다**
**색종이로 만든 종이꽃 한 송이가 거기에 있다**
- 딸아이가 그 작고 예쁜 손으로
내 가슴에 이 카네이션을 달아 준다
나는 딸아이를 보며 미소짓고 있다
가슴이 따듯해진다
**무릎 위로 사진 한 장이 떨어진다**
**사진 속에서 모두가 큰소리 내며 웃고 있다**
- 딸아이와 아들 그리고 나와 애들의 할머니
그렇게 그 날이다

내가 몇 장의 고지서를 보며 긴 한숨을 쉬자
여섯 살 짜리 아들이 곁으로 와서 말한다
집 가까이에 새로 현금인출기가 생겼다고
카드만 있으면 된데요라고 말한다
우리 모두 소리 내어 크게 웃는다
한 편의 영화처럼

**나는 두 상자 안에 있는 것들을 바닥에 쏟아붓고**
**몇 개만 골라낸다**
**네잎클로버와 색종이 카네이션, 『어린왕자』**
**그리고 그 날의 풀밭과 그 때의 꽃향기,**
**우리 모두의 웃음소리**
**창으로 들어온 햇살이 방 안에 무지개를 드리우고**
**닫으려는 상자 안으로 그 무지개가 들어간다.**
**한 편의 영화처럼**

**이제 벽을 둘러본다**

**부모님 사진이 나란히 걸려 있다**

- 아버지는 어느 날 이제 가련다 한마디 남기고

다음 날 떠나신다

어머니는 말도 잃고도

십 년 넘도록 병원 침대 위에 누워 계시더니

아버지 먼저 떠났단 말 전해 듣고

다음 날 삶을 거두신다

한 여름이다

매일매일 비가 내린다

나는 우산도 없이 비에 젖어 한 계절을 보낸다

여름인데도 나는 계속 춥다

한 편의 영화처럼

**다른 쪽 벽에 장식장이 있다**

**내가 다가간다**

**장식장 칸마다 크고 작은 사진들이 빼곡히 놓여 있다**

**아이들은 사진마다 자라서**

**어른이 되고 집을 떠난다**

나는 사진들 속에서 조금씩 조금씩 늙어간다
액자 뒤에 적어 놓은 날짜들을 읽어본다
몇 개는 돌려놓고 몇 개는 엎어놓다가
갑자기 내가 휘청거린다
천천히 방 안을 서성이며 두통을 진정시킨다
그리고 커다란 하얀 천으로 장식장을 덮어 씌운다
모든 사진틀이 하얗게 사라진다
한 편의 영화처럼

구석구석 뒤져 무언가를 버리고 또 버리며
몇 달 동안 밤낮없이 방을 정리한다
작고 예쁘고 즐겁고 행복했던 것들만 남겨두기로한다
이제 차분하게 둘러보니
이 방은 나름 깔끔하고 아늑해졌다
한 편의 영화처럼

그 방문 앞에 앉아서 운동화를 신는다
옆에는 빨간 여행가방이 하나 놓여 있고

**나는 비행기표를 손에 쥐고 눈을 감는다**

- 커피향이 나를 깨운다

나는 눈을 감은 채 침대 위에 머문다

남자의 콧노래가 부엌에서 들려온다

그가 곁으로 와서 포옹을 하자

그의 좋은 향수 냄새가 내게 묻어온다

나는 손에 『어린왕자』를 든 채

어깨에 햇살을 걸치고 테라스에 앉아 있다

하늘은 눈이 부시도록 파랗고 바다는 고요하다

해변가 잔잔한 파도는

하얀 꽃처럼 피었다가 사그라진다

거리의 가로수에는 오렌지들이 가지마다 풍성하다

우리는 마주 보며 정답게 아침식사를 한다

나는 그의 진지하고 다정한 파란눈이 좋다

아주 먼 곳에서 온 이 남자는

미로 같은 나날 속에서 헤매는 내 손을 이끌어

양지로 나오는 문을 열어 주었고

언제 어디에서 잃어버렸는지 모르는

어릴 적 내 꿈을 찾아 주었다
그는 내 손을 잡고 나에게 행복을 강의하는 중이고
나는 그의 눈을 바라보고 있다
어느 새 하늘에 초승달이 돋는다
소풍 같은 하루가 저물어 가는 중이다
한 편의 영화처럼

# 빈 손

장맛비에 흠뻑 젖은 채로
실핏줄이 선명히 들여다보이는
어머니의 작아진 손을 어루만집니다
소나기 내리던 유년의 어느 날
학교 앞 처마 밑에서
우산을 흔들며 부르시던 손
이제는 늘어져 병상에 묶였네요
억척스레 단지에 모은 돈
검정 고무줄로 한 묶음씩 묶을 지어
옹이 박힌 큰 손으로 건네주시곤 했지요
따듯이 잡아준 적 별로 없기에
차가운 줄로 믿고 자랐지만
이제서야 한 뼘 철이 드나봐요
양팔에 수액 매달고 생사를 넘나들다가
여러 날 만에 손끝 더듬거리며
흔들리는 눈빛으로 돌아오셨죠
부랴부랴 준비한 영정사진 감추고
부축해 드릴 때마다

무너지는 속내 들키지 않으려
벽을 향해 고개 돌리시네요
창 밖엔 빗줄기가 세찬데도
지금 어머니 손에는 우산이 없습니다

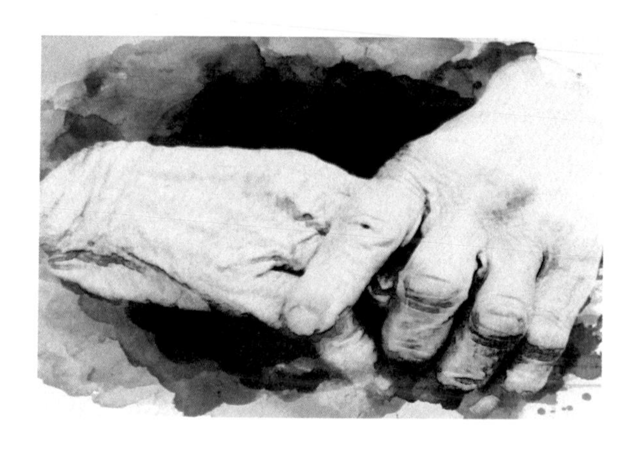

# 담쟁이덩굴

하늘 향하여

드높은 성벽 기어오르다가

굵은 빗줄기 내리치는 날에도

추락하지 않으려

안간힘으로 벽을 움켜쥔다

# 플루트를 불며

그대는 나의 손길로
깨어나 입맞춤으로
온기 나누어 하나가 됩니다

온 힘으로 안으면
기다린 듯 피어나서
구름 위에 길 만들고
무지개를 드리웁니다

눈에 선한 모습
지우려 외면 한 날도 있지만
시간을 되돌릴 수 없어서
먼저 다가서지 못합니다

이 하늘 아래
우리가 함께 하는 동안
누구도 모르는 희열의 불꽃입니다

# 이렇게

너는 나를 바라본다
나는 너의 눈동자 속에 있고
너는 나의 생각 속에 있다
이렇게

네가 나를 쓰다듬는다
나는 너의 두 손에 감싸여 있고
너는 나의 가슴 속에 있다
이렇게

## 꽃의 독백

좋은 날의 기쁨은
바람으로 머물지 못하고
한 때 보석의 이름과 향기로
반가움이 되어 주더니
시간을 따라 나서는 뒷모습은
고향길 들녘에 서 있습니다

그대는 알 수 없는 이야기를 남기고
그렇게 떠나갔습니다
애당초 혼자서 눈 맞추고
그냥 잊었던 날들로 하여
드높은 절벽만 마주합니다

이미 벽화가 되어버린
그대라도 곁에 두고 싶어
바람의 손길에 맡겨진 채
굳어져 가는 꽃의 독백만이 남았습니다

# 바람이 우는 밤

얼어붙은 철길 골목에
며칠째 한 사내가 서성인다

옷깃을 거칠게 건드려
움츠린 채 돌아보면
빠른 걸음으로 큰 길을 건너는 뒷모습

유난히 밤이 길던 날
전신주에 매달려 큰소리로 울부짖지만
아무도 내다보려 하지 않는다

갑자기 창을 부수고 들어올 듯 흔들다가
어디선가 고양이 울음 가까워지자
잠시 어둠에 몸을 숨긴다

동이 트려하자
지친 사내가 담벼락에 등을 대고
미끄러져 이내 주저앉는다

첫 차 다가오는 기적이
귓전에 울려 나가보니
떠나는 기차 끝 칸에
사내의 옷자락이 나부낀다

# 어느 날, 새의 비상

밤이면 잠들지 못하는
작은 새의 기척을 듣는다

낮 동안 접었던 날개 펼치고
또렷한 별빛 향해
안간힘으로 퍼덕이곤 한다

아침이면 눈 맞추지 않은 채
바닥에 수북한 깃털을
쓸어내 줄 뿐이었다

어느 날 창을 열어 주니
구름 속에서도 출구를 찾았는지
머리 위를 커다랗게 한 바퀴 맴돌고는
맑은 목청으로 지저귀며 힘차게 날아올라
뒤돌아보지 않고 까만 점으로 눈에 박힌다

남겨진 둥지에
햇살 눈부시게 쏟아지고
다시금 새 한 마리 비상한다

# 빛 바랜 아버지의 사진

아버지의 베개 밑에서
빛바랜 사진 한 장이 나왔다

고향 강물에서 올망졸망 우리들과
물장난을 치고 계신다

날마다 헛손짓으로 깨어나
어둠 속에서 또렷하게
이 사진을 쓰다듬으셨겠지

손때 묻은 얼굴 하나씩 쓸어안았다가
제 갈 길로 등 떠밀어 보내고
지친 걸음으로 강가를 거니셨겠지

순식간에 흑백의 물살에 휩쓸려
흠뻑 젖은 나를 닦아 주시며
애써 웃으셨겠지

아버지는 이제 바람 멎을 날 기다리며
강줄기를 따라가신다

# 그의 선택

한 남자가 병원을 나온다
두툼한 약봉투를 꼭 쥔 채로

그 남자가 불 꺼진 집으로 들어간다
쓰레기통에 무더기의 약을 버린다

아무도 없는 집에서 다시 나온다
하늘을 올려다 본다

어디선가 나타난 새 한마리
남쪽을 향해 날아간다

## 오월의 편지

오늘은 꿈속에서 부치려
한 통의 편지를 쓴다

당신 좋아하시는 오월이 왔는데
아직도 겨울 중절모를 쓰고 다니시는지
이런저런 핑계로 바꿔 드리지 못한 낡은 자전거는
삐걱거리며 이제껏 잘 굴러가는지
당신 떠난 소식 듣고 며칠 뒤 따라가신 어머니는
함께 계시는지
요즈음도 나는
중절모를 쓴 어깨가 마른 노신사를 스치거나
조각인 양 공원의자에 기대 앉은 할아버지를 볼 때면
자꾸만 어디론가 연락이 닿을 듯하여
젖어 오는 눈으로 두리번거립니다
오늘밤이라도 오시기만 한다면
맛나게 드시던 된장찌개 끓이고 조기도 굽겠어요
곧 다가오는 어버이 날엔

새 자전거 한 대 준비하렵니다
언제쯤 다녀가시려는지요

봉투에 '아버님께'라고 적어
머리맡에 두고 잠을 청한다

# 비 오는 날의 바다

바다는 일찍부터 어둠을 풀어내고

잿빛 수면 위로

배 한 척이 점선 그리며

하늘과의 경계를 넘나드네

# 안개 속에 소나무 한 그루

밤 사이 바다에서 올라온
안개 자락을 밟고
바라만 보던 산으로 향하네

앞서 간 발자국 지우고
갈길 내어주지 않는 겨울 숲
가까이 다가갈수록 고요하네

더듬더듬 들어서니
시린 살갗 비비며 잠들려던 나목
낯선 기척에 놀라 뒤척이고
이름 모르는 나뭇가지는
옷깃을 거머쥐네

이 자리에 그냥 주저앉아
지내 온 꿈길을 헤아려 보네

짙은 안개 너머로
벼랑에 매달린 소나무 한 그루
자꾸만 무어라 힘주어 손짓하네

차츰 또렷이 보이는 산 길 내려오며
이젠 뒤돌아보지 않기로 하네

# 이야기가 있는 집

첫 남자는 목수였지요
그는 창을 달아 주고는
어느 날 떠났답니다
그녀는 거기 남았습니다

두 번째 남자는 석수였지요
그는 벽난로를 쌓아 주고는
어느 날 떠났답니다
그 날도 그녀는 거기 남았습니다

세 번째 남자는 정원사였지요
그는 앞 뜰에 꽃을 심어 주고는
어느 날 떠났답니다
늘상처럼 그녀는 거기 남았습니다

지금 머무는 남자는 나그네였지요
그는 아무것도 건드리지 않고 쉰답니다
오늘도 그녀는 제자리에 있답니다

## 사람이 그리운 날에는
**-도쿄에서**

비 쏟아질 듯 흐린 날이면
진한 커피를 두 잔 마십니다
어디서고 같은 향으로
허한 속을 모락모락 데워 주는 까닭이지요

고향 소식 담긴 엽서 받아든 날이면
창문을 활짝 열어 젖힙니다
바람결에 아이들 맑은 웃음소리 날아듭니다

어딘가 두리번거리다가 멈춰선 날이면
하늘을 올려다봅니다
다정한 눈빛의 아버지
예전 그 모습으로
혼잣말 다할 때까지 들어주십니다

머얼리서 문득 사람이 그리운 날에는
아무 곳에서나 주저앉아
내게 기인 편지를 씁니다

그 뉘라도 혼자가 되어야 하는 사연을
잊지 않기 위해서지요

# 행복의 요리법

먼저 갈등은 작게 자르고
증오는 껍질을 벗기고
미움은 씻어서 준비합니다
그것들을 인내, 양보 그리고 배려에 담그어
갈등이 부드러워지고
증오는 연하게 되고
미움은 줄어서 녹기 시작할 때까지 얼마간 둡니다
추억의 사진이 있다면 한 장 넣어도 좋습니다
그 다음엔 희망이라는 냄비에 옮겨 담아
잔잔한 기다림의 불에 졸입니다
한 꼬집의 유머와 미소를
자주 뿌려주면서 지켜봅니다
만약에 지금 갈등이 오렌지색으로
증오가 핑크빛으로
미움이 에메랄드빛이 되었다면 이 요리는 성공입니다
끝으로 잠시 환상의 뚜껑을 덮어
뜸을 들이면서 상을 차립니다

아침식사에는 “사랑해요”를 장식하고
점심식사에는 “미안해요”를 추가하고
저녁식사에는 “고마워요”도 곁들입니다
그리고 문을 열어 둡니다
사랑하는 사람이 곁에 와서 앉으면
“오늘”이라는 요리를 함께 나눕니다

# 사비니야스

좋아하는 해를 따라 온 작은 바닷가 마을
햇살이 일 년 내내 풍요로운 안달루시아
아침이면 태양이 지중해 수평선 위로
매번 다른 걸작을 그리며 나타나고
하늘이 더 맑은 날에는
내가 있는 곳에서 아프리카가 보이고
턱수염 신사 얼굴을 하고 누워 있는
지브롤터 섬도 보인다

한여름 해변에는
셀 수 없이 많은 수영복이 마치 유니폼처럼
부자랑 가난한 사람들을 구분할수 없게 섞어 놓는다
이 마을 사람들은 항상 웃는 얼굴로
국적이 달라도 쉽게 친구로 가까워지고
긴 하루의 휴식으로 모두가 낮잠을 자려
오후 두 시에서 다섯 시까지는
생선가게부터 정비소, 약국까지
거의 모든 상점들이 커튼을 내려 둔다

이 한낮의 평화로운 시간을 나는 아주 좋아한다

해질 무렵에는 어린이와 노인들
온 가족이 더불어 해변을 산책하고
여름 밤엔 매일마다 파티를 연다
사람들은 해변에서 골목길에서
음악에 맞춰 모두 함께 어울려
춤추고, 마시고, 소리내 웃으며 새벽을 맞는다

투명한 이 곳의 하늘은
우리에게 밤마다 놀랍도록 많은 별들을 선물하고
가끔은 엄청나게 밝은 달이
그 신비한 제 빛을 바다 위에 가득 풀어 놓는다

이 작은 마을에서
나는 행복해지는 길을 찾아냈다
매일 밤 꿈속에서 나는 어린 소녀가 된다

## 보름달 축제
**- 한 여름 밤 스페인에서**

우리 모두 달을 가까이 보려
바닷가로 갑니다
벌써부터 달은 바다 위에 떠 있고
소녀들은 골목에서
축제에 나갈 준비를 끝내고
젊은이들은 눈 반짝이며
사랑을 찾아 오갑니다
밤이 깊을수록 달은 은은한 빛을 퍼트리며
하늘로 하늘로 솟아오르고
밤바다는 달의 그림자를 품어 안고
온밤 내내 행복한 왈츠를 춥니다

## 너와 나

그날, 너와 나에게
어느 요정이 마법을 걸어
같은 날
같은 시간
같은 방향으로 가는 기차
같은 차량
같은 좌석에 앉게 했던 거지

그날부터, 너와 나는
서로의 짐을 나누고
서로의 말을 나누고
서로의 생각을 나누고
서로의 상처를 감싸 주며
긴 시간의 터널을 통과했던 거지

그날부터, 너와 나는
함께 지도를 보고
함께 비를 맞으며

함께 사막을 건너고
함께 길을 찾아서
함께 무사히 작은 성에 도착한 거지

오늘도 너와 나는
어느 요정의 마법 안에서
같은 시간
같은 속도
같은 방향으로
같이 가고 있는 거지

## 거울 속의 그녀

그녀는 처음부터 거기 있었다
내가 넘어지면 언제나 다시 일으켜 세웠던 그녀
그녀는 나의 제일 친한 친구이고 진정한 조언자였다
내가 기쁘면 이를 보이며 크게 웃었고
내가 슬프면 소리없이 많은 눈물을 흘렸다
그녀는 내가 찾으면 언제나 그 곳에서
날 기다리고 있었다

매일매일 조금씩 불어나는 짐을 메고도
그녀는 오로지 내일만을 향해
쉬지 않고 밤낮으로 걷고 또 걸었다
언젠가부터 그녀가 조금씩 휘청거리더니
어제 결국 풀썩 주저앉고 말았다

오늘, 나는
그녀에게 붙어 있는 모든 이름표를 떼어 주었다

〈부모님의 맏딸〉
〈아들과 딸의 어머니〉
〈시어머니의 유일한 며느리〉
〈수많은 어린이들의 선생님〉
〈밤이면 일기로 시를 쓰는 시인〉
이름표 떼어낸 자리마다 크고 작은 상처가 드러난다

그녀는 자신과의 약속을 지킨 여전사였다
나는 그녀가 자랑스럽다

# The woman in the mirror

Se Yeon, LEE

# Preface

It is said that dream can come true. For me, the dream is a lighthouse that shows me the way to the port of hope. Every day is like the sea. On a sunny day, I study the path of my dream and in a stormy night, I paddle towards the lighthouse with all my strength even I find myself wobbling. About twenty years ago, I was hospitalized with fevers that lasted several days. Even though I could not move because the pain of the high fever, I kept in my pocket a small notebook with a pencil and an English vocabulary book. Doctors and nurses asked me if I had an important test to pass. I remember that I was laughing off at that time. As I began to study English, a little too late, I started to grow my dream of translating my poems into English by myself.

After finishing my degree in the Philippines, I lived in Japan for several years. I studied French at the Sorbonne in Paris and I still attend a language

school in Spain today. Whenever I learn a new language, I translate my poems one by one for my foreign friends very curious about Korean poetry. I realized that it is difficult to translate a poetry, especially Korean one, into other language even for a person who can fluently speak the foreign language. For this reason, I have written some of my poems directly in the language of the country where I lived, to describe my emotions of the day. I also tried to translate them into Korean.

I have already published my first three collections of poems; "To live alone", "Monologue of a flower" and "The flight of a bird". Here I release my forth collection "The woman in the mirror" published in multilingual version as I have dreamed of since long time. The translation was difficult because I need to keep messages and emotions contained in the original poems even in four different languages.

I spent long time to find the words but many times I could not find the word from other foreign language that contain the exactly same emotional value in one language. So, I decided to place more importance on transmission of the original image than literal translation.

I could have a Korean reader who studies one of these foreign languages and I could also have a French who wants to read a Korean Poem. So, I ask to my foreign language teachers to check up my translation works. They confirm the selection of words and grammatical accuracy.

I dedicated this book specially to Didier, my French teacher with whom I share my life and the one who encourage me to continue my studies. He helped me a lot for this multilingual works.

I want to thank to my daughter, Yun Jea who has given the strength to study throughout my life and contributed to this book from the beginning to the last edition. It is also a gift for my most faithful supporter and admirer, my son, Se Min.

I am infinitely grateful to my poetry teacher, Eun-Ha CHOI, who always keeps me in his heart and sometimes writes letters to me even if I live very far.

I would also like to express my gratitude to all my teachers, so called "Angel", Elizabeth in Manila City University and my passionate Japanese teachers from Nichibei School in Tokyo, kind Murielle from the Sorbonne, at the last my Spanish teacher Olga who sacrificed her time always I asked.

I want to share the immense joy of this publication with my two friends, GoEunByeol, journalist and writer who gave valuable advices to me. She actively participated and dedicated to the realization of this project. And also, Harumi Fuji, Japanese journalist who came from Tokyo to Malaga to work on the reduction of my poems.

# Like in a movie

**Today I realize that**
**I am as old as my mom was.**
**She followed the same road as her mother did.**
**I'm walking somewhere on this path where**
**my grandmother and my mother have already done,**
**Like in a movie.**

**I have a room of memories.**
**It is out of order as much as the days I lived there.**
**I am always grabbed and dragged by the time,**
**This place is always messy.**
**Now I enter the room.**
**Like in a movie**

**I look around.**
**Through a small window**
**I can see the evening on the countryside**
**Next to the window, a desk,**

- On the desk, a drawing book "The Little Prince".
I see a piano keyboard drawn on paper.
I am playing on this keyboard.
My little sister is singing beside me.
The paper keyboard makes musical sound.
We sing happily with the sound of this piano.
At that moment, I hear my mom
Calling us at the table for dinner.
The house is rich with the smell of my favorite, ravioli soup.
At the table my younger brothers are boisterous,
My father smiles as always.
In an instant a violent air stream blows,
Thc paper keyboard goes with that wind.
Like in a movie.

**There is a cookie tin on the shelf next to the desk.**
**I try to open it and it falls on the floor.**

**Postcards and letters scattered around the room.**
**A brown envelope catches my eyes.**
- I'm sitting on a bench in a park
covered with the chrysanthemums in full blossom.
A young man hands me an envelope,
inside, his last salary and his hand writing resume.
It's to convince me to accept to become his wife.
It's his sincerity that draw me to him.
Every day at down
I prepare a lunch box and put it in his bag.
My young husband goes to work with it.
He often goes abroad but always comes back.
I knit baby booties listening to Vivaldi's four seasons.
I read a story to my daughter and she carefully
listens to me, shaking her head and turns the pages
of a fairy tale book.
My mother-in-law smiles at the baby in her arms,
next to me.

My husband now goes to work every morning and returns home every night.
We are moving into a new apartment.
He puts a piano in the living room
and I fill the room with flower pots.
Sunday night, I play piano with my daughter.
My husband and my mother-in-law sit on the couch in lively applause.
My baby imitates others and claps to the music.
Monday morning, he goes to work with his bag.
My son is in my arms,
My daughter is kissing her father.
He leaves home with his beautiful smile as usual.
He never comes home again.
Like in a movie.

**In one corner of the room,**
**there are two boxes covered with dust.**

**I open the first.**

- A telephone keeps ringing agonizingly.
My hands drop the phone.
My legs do not hold me anymore.
I cry and hug my two children in my arms.
The boy plays on his tricycle in the funeral garden.
My son is too young to understand the death or the absence.
He comes and asks me what the car accident is.
The flower pots stacked in the living room are drying one by one.
I wither slowly like the flowers.
One morning
I look at the face of my son sleeping on my heart.
Trace of tears remains on his dirty face.
This kid does not even know the separation as well as deep sorrow.

He cries because his mother and his older sister cries.
I carefully wipe his face with a wet towel.
I enter the kitchen and start eating again.
Like in a movie.

**I open the second box and I dig in it.**
**At bottom, I find an old faded book.**
**It's "the Little Prince". I open it.**
**A four-leaf clover remained stuck between the pages.**
- Like that day,
the sweet scent of wildflowers fills the air.
The two children play in the garden.
They run to leave their bouquets of four-leaf clovers in my hands.
And go back to the meadow to pick a little more happiness.
I look at them and I smile.

My heart is warming up.

**I unfold a bulge in the book.**

**It is a colored paper flower.**

- My little girl attaches this flower to my blouse with her little hands.

I look at her and I smile.

My heart is warming up.

**Stuck between two pages, a photo falls on my knees.**

**Everyone is laughing aloud.**

- My daughter, my son, their grandmother and me are all together.

That day, looking at some bills

I sigh for a long time.

My six-year-old boy offers me his solution.

A bank has installed a new ATM near us.

He says we only need a card.

We all burst out laughing.

Like in a movie.

**I poured everything from the boxes on the floor.**

**I decide to keep only a few.**

**The four-leaf clover, the paper flower, "the Little Prince", the scent of wildflowers on that day when we played together in the garden and the laughter of everyone.**

**Sunlight passes through the window and forms a rainbow.**

**That goes into the box when I try to close it.**

**Like in a movie.**

**Now my eyes go around the walls.**

**The photos of my parents are hanging side by side.**

- One day, my father said to me, "I am leaving".

The next day he left.

My mother hears that my father has gone.

The next day she also has gone after over a decade on a hospital bed without her capacity to speak

It's a summer day.
It rains every day.
I spend the season in the rain, wet without umbrella.
I'm in the summer but I'm always cold.
Like in a movie.

**A decorative cabinet is on the other wall.**
**I approach myself.**
**On each shelf are arranged many large and small frames.**
**The children grow up and finally leave the house.**
**On each of these photos I gradually get older.**
**I look at the dates noted on the backside of photos.**
**I invert some frames and leave the others on the face**
**Suddenly, I stagger.**
**I go around the room to ease my headache.**
**With a large white sheet, I cover the cabinet.**

**They disappear behind the white.**

**Like in a movie.**

**For months I organize this room days and nights.**

**I go around every corner and throw things out again and again.**

**I leave only few things, pretty, pleasant and happy.**

**Now my memory room is neat and clean.**

**I look serenely inside the room.**

**Like in a movie.**

**I am sitting in front of my room of memories.**

**I put on shoes.**

**A big red suitcase is next to me.**

**I hold a plane ticket and close my eyes.**

- The aroma of coffee wakes me up.

I am in a bed with my eyes closed.

I hear a man humming in the kitchen.

He comes to see me and kisses me.
The smell of his favorite perfume comes to me.
I'm sitting at the table on the terrace,
with the sunlight on my shoulders.
I have my favorite book in my hand,
"The Little Prince".
The sky is dazzling blue and the sea is calm.
The white wavelets bloom like flowers and disappear
on the edge of the beach.
In the street, the branches of trees are covered with
oranges.
We have breakfast lovingly facing each other.
I like his blue eyes, sweet and sincere.
He came from far away.
He opened the door to me out to the sunshine,
taking my hand to be out of the labyrinth of my life.
He found my little girl dream with me that I had lost
somewhere without knowing.

I look at his eyes, he teaches me how to be happy.

holding my hands tightly.

In a very short time,

a crescent moon appears in the sky.

Another day like a picnic goes by.

Like in a movie.

# The empty hand

Soaked by the rain,
I hold my mother's hand in mine, I caress it.
It has become very small,
The skin is too thin to shows the blood vessels.
I remember a rainy day
the same hand in front of my school
was waving an umbrella.
Now this hand is attached to a hospital bed,
suspended from her arm.
A long time ago,
her big rough hand passed each of her children
the money rolls tighten with black rubber band
that she had saved relentlessly in a pot.
I grew up thinking these hands were cold
Because I do not remember that they were affectionate
Now I know how warm is her heart.
With IV injections in both arms,
she was on the border of life and death for days.
Suddenly fumbling around her hands,

she came back to life with trembling eyes.
I hide from her the picture prepared in haste for the funeral ceremony.
Whenever I try to help her,
she turns her head towards the wall,
not to show her broken heart.
On the other side of the window
the rain comes lashing down,
But now there is no umbrella in my mother's hand.

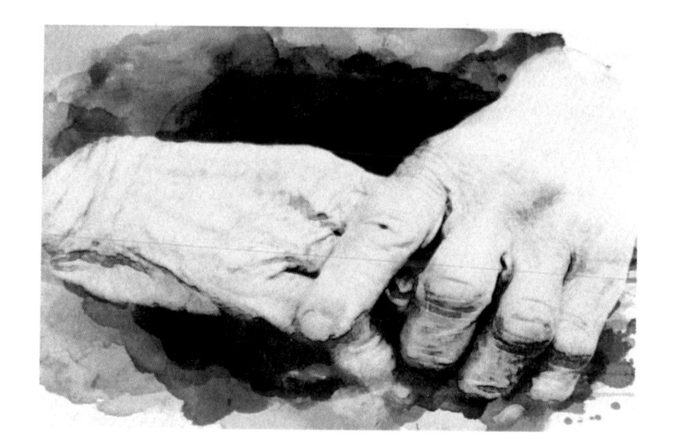

# The ivy

The sky is over the top of the wall,

Grasp it

Climb it despite the storms

Cling to it until the end of one's strength,

Not to fall

# The flutist

My hand touches you
My kiss wakes you up
I share my warmth with you to become one

I hold you in my arms with all my strength
You are like a flower waiting to bloom
A frequency that flies over the clouds
And there hangs a rainbow

I cannot look away from you
There were days when I would like to erase you from my memory
But I cannot reverse the time
Then I avoid approaching you

No one can know this feeling of passion
When we are together
In this sky

# It's like that

You look at me
I'm in your eyes
You're in my head
It's like that

You caress me
I'm in your hands
You're in my heart
It's like that

# The monologue of a flower

The joy of a happy day
as the wind, only lasts a moment.
He had brought me flowers
whose perfume, more precious than a diamond,
had given me an immense joy.
With time the joy disappears
and I remain alone
in the middle of my hometown garden.

He left leaving behind him
a story that I would never describe.
From the first moment,
there was only him in my eyes.
I face a huge cliff
With the memory of those days.

I want to keep him next to me
Even if it is only painting on a wall.
In the hands of the wind
Only stays the story of a flower.

# The night the wind moans

In the frozen access alley of the train station
For several days walks around a stranger
He suddenly grabbed my clothes
Frightened, I turn around myself
I can see he quickly crosses the avenue

An even longer night
Yelling, he fights against a lamppost
No one opens the door to look at him

Increasing his violence, he knocks my window
As the cat crying gets louder somewhere,
The next moment he hides himself in the darkness

Just before sunrise
The tired troublemaker leans against a wall
Slides and sits

The first morning train passes
I hear its signal
I go out to see him
At the end of the train on the last wagon
His coat waves in the wind

# One day, the bird soars

Every night,
I heard the little bird
Who could not sleep

Folded during the day
Layered towards the bright light of the stars
He shakes his wings with all his might

Every morning
I swept the feathers on the floor.
Avoiding eye contact with him

One day, I open the window for him
He draws a large circle above my head
And finds an exit through the clouds
Singing in a clear voice,
He flies farther away

Without ever looking back
Becomes a tiny dot printed in my eyes

In the remaining nest,
The brilliant sunshine pours down
Once again, a bird soars

# Father's faded photo

A piece of faded photo came out
from under my father's pillow

In the picture
He is playing in the river in his hometown
With his little children

Every night, he must have been woken up
With his hands shaking in the air,
And taken out this photo
As if he could see it clearly in the darkness

After feeling well-thumbed faces one by one
And letting them go their own ways,
He must have walked alone
along the river with weary steps

He must have tried to smile
Wiping me
Totally washed by the gray current

Now, my father is following the river
Waiting for the day when the wind will stop

# The decision

A man leaves the hospital
A bunch of the medicines in his hands

He goes back home
No one is waiting for him
Then he throws pills and tablets in the trash

He gets out of his house
Looks up at the sky

Suddenly a bird appears
Flying toward the south

# A letter of May

I write a letter
To send in my dream.

It is spring, your favorite season.
Are you still wearing your shabby winter hat?
Are you still riding your old noisy bicycle?
Few days after you left us, mom followed you.
I believe she is with you by now.
Until now I am looking for you
with the eyes full of tears.
When an elderly man with a same trilby hat
walks passed me
or when I see a white hair man
sitting on a bench in the park.
Dad, anytime you come to see me,
I will cook your favorite dish,
A grilled fish with a delicious rice.

Soon the Parents' Day will come.

I want to buy a new bike for you.

Answer to my letter and tell me if you're coming.

I write on the envelope "To my dad"

Left it beside my pillow.

I try to fall asleep to go to my dream.

# A rainy day on the sea

The sea has already let the darkness escape

The surface of the water is ash grey

On the line of the horizon, a boat

Cross the border between the sea and the sky

# A fir tree in the fog

I go on a mountain that I had only watched
I walk through a thick fog
deployed all night by the sea

The more I sink into the woods,
The more peaceful it is
The forest does not show me the way
It erased the traces

I enter gropingly in the wood
Surprised by foreign sounds
Naked trees rub against each other
their bark chilled by the cold
And try to go back to sleep
A tree whose name I do not know
Grabs me by the jacket

I sit there

I glance back over the road I traveled

Perched on the edge of a precipice, a fir

Obstinately makes me strong enigmatic signs

In the thick fog

As I descend the mountain,

The path becomes more and more clear

I decide not to look back

# History of a house

The first man was a carpenter
He made a window
One day he left her
She was there

The second man was a bricklayer
He built a fireplace
One day he left her
She was still there

The third man was a gardener
He created a park
One day he left her
She was always there

The man who stays now is a traveler
He does not change anything
He did not leave
She is there

# A day of solitude in Tokyo

A day of rainy sky
I drink two cups of black coffee
The universal fragrance of roasted grain
Warms up my lonely heart

One day I get a postcard from home in the distance
I open wide the window
The wind brings to me some bursts of laughter
from the children of my city

One day I do not know where I am
I look everywhere and I stop
I look at the sky
There my father listens to me
with his loving eyes as before

One day, far from everywhere, far from everyone
I sit down
To write a long letter to myself

To not forget
Each one feels alone one day

# Recipe for happiness

First, slice the conflict
Peel the hate
Rinse the hostility
Put everything in a broth of patience, concessions and kindness
Until the conflict is smooth,
The hate tender
And hostility melt
If you have a souvenir photo, add one in the broth
Then transfer the mixture in a pot of hope
Simmer over a gentle heat of wait
Often add a pinch of humor and smiles
Watch over the evolution of your dish
If now
The conflict is orange
The hate is pink
And the hostility has emerald green color

The cooking is very successful
Cover with fantasy and let stand as long as needed
Now is the time to set the table
If it's for a breakfast, decorate with "I love you"
If it's lunch time, add a "sorry"
If it's a dinner, accompany with a "thank you"
Leave the door open.
The loved one will sit next to you
Serve the dish called "Today"

# Sabinillas

I followed my love toward the Sun
Until a small seaside village,
all the year under the great sun of Andalusia.
In the morning it emerges from the horizon on the Mediterranean Sea and draws a different masterpiece each time.
When the sky is very clear, from where I am, I see Africa and Gibraltar which looks like the bearded face of a gentleman who lays on the sea.

In the summer months innumerable swimsuits, like uniforms, mix the rich and the poor indiscriminately.
Here the inhabitants are smiling and that makes for everyone easy to make friendships regardless of their nationalities.
In this village of southern Spain, everyone takes a nap in the middle of the day to rest.
Then, at two o'clock, the fishmonger, the mechanic,

the chemist, and all the other shops put down their
curtains until five.

I love this moment of tranquility.

At nightfall, children and old people
together in families stroll along the beach.
In the summer every night is a party.
To the sounds of the musicians on the beach, in the
alleys, local people dance, drink, laugh, until dawn.
Here the clean sky offers us admirable starry nights.
Sometimes a huge full moon illuminates the sea
with its whitish reflection.

In this small village I found the way to happiness.
The night, when I sleep, I have a dream.
In my dream I become a little girl again.

## The full moon festival
### - In a summer night in Spain

We go to the beach to get close to the moon
The moon is already floating on the sea
The girls are ready to go to the festival in the alley
And young people looking for love with bright eyes
Later in the night, high in the sky,
The full moon extends a generous light
The night sea embraces the shadow of the moon
And the moon and the sea dance a happy waltz
all the night

# You and I

That day, you and I
With a magic wand
The same day
At the same time
In the same direction of the same train line
In the same wagon
We ended up sitting on the same bench

Since that day, you and I have
Shared the burden each other
Shared the same language each other
Shared the ideas each other
Heal the wounds each other
We went through a long tunnel of time

Since that day, you and I
Together according to the same plan

Together in the rain
Together across the desert
Together we found the way
Together we arrived safe and sound in a small castle

Today, you and I
Still in the magic of fairies
At the same time
At the same rate
In the same direction
We walk together

# The woman in the mirror

She was there from the beginning

She always stood me up again whenever I fell

She was my best friend and a good counselor

She laughed a lot when I was happy,

She sobbed out when I was sad

She was waiting always for me when I needed her

She walked days and nights

Without stopping to reach the next day,

Carrying her burdens which grew every day

Since few days, she was wobbling gradually

Finally, yesterday she collapsed

Today,

I took away all the name tags stuck on her

<the eldest>,

<the mother of two children>,

<the daughter-in-law>,
<the teacher of music for many children>,
<the poet who wrote every night>
I find big and small scars
Under the name tags, once removed

I am proud of her
She was a warrior
Who kept the promises made to herself

# 鏡の中の彼女

李世淵

# 序文

夢は叶うと言われています。私にとつて夢は港を示す灯台のようです。日常の生活を海に例えるなら、晴れた日には夢への道を模索し、漆黒のような夜に嵐に遭ったときには全力を尽くして灯台目指して戻っていく。20年前に 数日間続いた激しい熱で入院を繰り返した時がありました。高熱から引き起こされる苦痛に身動きできないときでさえ、私はいつもポケットに小さなメモ用紙と鉛筆そして暗記用の英単語ノートを忍ばせていました。医師や看護師はそんな私にどんな重要な試験を控えているのかと尋ね、私はちょつと笑ったことを今でもよく覚えています。私はかなり遅れて英語の勉強を再開してからというもの、いつか私の書いた詩を別の言語に翻訳するという夢を抱き始めていたのです。

フィリピン大学での学部を修了したあと、私は日本で数年暮らしました。そして、パリのソルボンヌ大学でフランス語を学び、今はスペインで学校に通っています。新しい言語を学ぶたびに、私は外国人の友人や韓国の詩に興味がある教師のためにわたしの詩を翻訳しました。そして外国語を流暢に話すことと韓国の詩を別の言語に翻訳することの難しさの違いを理解したのです。このような理由から私の感情を他の言語で表現するには先ずその国の言語で直接書いて、再び韓国語に翻訳することにしました。

その結果として最初の詩集「一人立ちのために“、第二詩集「花の独白”、第三の詩集「鳥の飛翔」を出版した後、長い期間夢見てきた多言語で、第四の詩集である「鏡の中の彼女」を発刊することにしました。

韓国語の詩を、英語、日本語、フランス語、スペイン語の4ケ国語に翻訳する難しさは元の詩に含まれるメッセージと感情を最も近いものに伝達する方法でした。そこで、言葉そのものの翻訳は重要だけれども、元のイメージを忠実に伝えることを尊重することにしたのです。

ハングルで私の詩を読んだ読者や外国語を勉強する学生が翻訳された詩を読みたい、またハングルを学ぶ好奇心を持つフランスの学生が私の詩を読むこともあるだろう。そのために翻訳作業では語彙選択と文法の正確さを各言語のネイティブの先生たちに確認していただく過程も経ました。

わたしはこの本を多言語詩集を出すために尽力し、常に励まし、勉強を続けることを勧めてくれた、私のフランス語の先生であり、人生を共有するディディエに捧げます。勉強を続ける母親の強い味方であり、この本の最初から最後の編集まですべての時間を割いてくれた娘ヨンジエと、応援の拍手を惜しまない息子セミンに感謝し、嬉しいプレゼントになることを願います。遠くに居ても、いつも詩心を寄せ、心の中にわたしのための場所を置いてくださる、詩の恩師であるチェウンハ先生に無限の感謝を込めて贈ります。そして、みんなが天使と呼んだマニラ市立大学のエリザベス教授、東京の日米学校の先生たち、友人のように親しいパリのソルボンヌ大学のミユリエル教授、また私にいつも時間を割いてくれるスペインのオルガ教授、これまでのすべての教師に向かって感謝の気持ちを表します。また、この本の出版のために助言と大いなる献身を与えてくれたゴウンビヨル( 記者であり童話作家)、はるばる日本からスペインまで日本語翻訳の校正をするために来てくれた大藤はるみ(記者であり童話作家)、二人の友人の友情に感謝し、出版の喜びを共有したい。

# まるで映画のように

今日、私は知ってしまった
私もまた 母のように老いていくのだという事を
母はある日、母の母が行った道を辿って わたしから離れました
今 私は 祖母が通り、母が続いたその道を
訳もなく たった一人で進んでいる。
まるで映画のように

私には思い出の部屋が一つある
生きてきた日々の長さに比例して散らかっている部屋
時間に追われていて
放り出されていた日々が
ごちゃごちゃ入り混じっている部屋
今 私はその部屋に入った。
まるで映画のように

部屋を見回すと

小さな窓から夕暮れの野原が見える
窓際に小さな座り机がある
机の上に「星の王子さま」が置かれている
- 紙で作ったピアノの鍵盤が見える
私が鍵盤を弾いて
傍らで妹が歌う
紙のピアノから清らかなメロディが聞こえてくる。
私たちはピアノの音に誘われて声を合わせて歌う
ごはんだよ、という母の声が聞こえる
餃子スープの臭いが家の中に満ちている
弟たちが食卓の前で騒いでいて
父はいつものように黙って微笑んでいる
一陣の風が吹いてきて
紙のピアノが飛んでいく。
まるで映画のように

机のそばの棚の上に 色あせたお菓子箱が一つある
私はその箱を開けようとして落とす

その中にあった はがきや手紙が床に散らばる
茶色の封筒に私の目が停止する
私は菊の花が満開の公園のベンチに座っている
私のそばにいる青年が 封筒を私に渡す
彼の給料と手書きの履歴書が入っている
彼は真剣にプロポーズをして
私はその青年の誠実さに説得されてしまう
夜明けに私の作ったお弁当を袋に入れて
新郎は それを持って出かける
夫はよく海外に出張に行く
私はヴィヴァルディの四季を聞きながら、赤ちゃんの靴下を編む
娘に絵本を読んでいると
子供は首を縦に振りながらページをめくる
そばには姑が生まれたばかりの子供を抱いてほほえましい表情をつくっている
夫は毎朝会社に行って、夜になると家に帰る
私たちは 新しいアパートに引っ越しをする

彼はリビングルームにピアノをおいて、私は植木鉢を増やしていく
日曜日の夜、私は娘と一緒にピアノを弾いて
夫と義母はソファに座って拍手を送る
息子は一緒に手を打つ
月曜日の朝、彼はカバンを持って仕事に出かける
息子は私の腕に抱かれて見送り、娘はパパにキスをする
いつものように笑顔を見せて遠ざかっていく彼
でも再び家に帰っては来なかった。
まるで映画のように

部屋の隅に
ほこりをかぶった箱が二つあります
最初のボックスを開く
- 電話がにわかに鳴り響き
私は受話器を落としたまま
そばにいた二人の子供を抱えて号泣する

男の子が葬儀場で三輪車に乗って遊ぶ
息子はまだ死や別れの意味を知らない
息子が私に近づいてきて、
交通事故が何なのかを尋
ねる
リビングルームに置かれた植木鉢が一つずつ枯れて
その花のように わたしも徐々にしおれていく
ある日の朝
私の腕に寄りかかって寝ている息子の顔を見る
子供の顔に涙の跡が幾重にも重なっている
この子は、別れも悲しみも知らないのに
お母さんが泣いたら姉が泣くのを知って
子供は姉につられて泣く
私はおしぼりで息子の顔を丹念に拭く
そして意を決して台所に行って 噛み締めるように食
べ始める。
まるで映画のように

第二のボックスを開き いじくり回す

ボックスの下の方から黄色く色あせた本一冊を取り
出す
星の王子さまを広く
四つ葉のクローバーのブックマークが挟まれている
- 爽やかな草花の香りが四方から押し寄せてくる
草息吹の中で遊んでいる二人の子供が
私の手のひらに四つ葉のクローバーを持たせて幸せ
を運んでくるよと言って
また草原に戻っていった
私は子供たちを目で追いながら微笑む
胸が暖かくなる
ブックマークの膨らみを広げて見る
色紙で作った紙の花一輪がそこにある
- 娘がその小さな手で私の胸にカーネーションをつ
けた
私は娘を見て微笑んでいる
胸が暖かくなる
写真の一枚が 膝のうえに ぱらりと落ちる

写真の中で、みんなが大声出して笑っている
- 娘と息子と祖母と私
その日、
何枚かの請求書を見て、長いため息をつく
六歳の息子がそばに来て言う
家の近くに現金自動引き出し機ができたよ
カードがあれば、お金が出てくるんだよ
私たちは声を挙げて 大笑いした。
まるで映画のように

私は二つのボックスの中にあるものを床に並べ
その中のいくつかを選んでみる
四つ葉のクローバーと色紙のカーネーション、星の王子さま、
草息吹や花の香り、そして私たちのあの日の笑い声、
窓から差し込んでくる光が部屋の中に虹を落として
閉じているボックスの中に、その虹が入る。

まるで映画のように

今 私は壁を見回す
両親の写真が並んでいる
- 父はある日、
行ってくるよと言い残して翌日 旅立った
母は言葉を失って十年以上も病院のベッドに横たわっていた
しかし父の死を知らされた翌日に母もまた旅立ったのだ
真夏である
毎日雨が降る
傘を失った私は雨に濡れた季節を送る
季節は夏なのに私は寒いままだった。
まるで映画のように

もう一方の壁に飾り棚がある
私は近づく

飾り棚には 大小のシルバーフレームがぎっしり置かれている
子供たちは 写真ごとに大人になって家を去り
私は写真の中で、少しずつ年をとっていく
フレームの裏に書いた日付けを読んでみる
いくつかは表向きに、いくつかは伏せてある
伏せられたそのいくつかに心が揺れて
頭痛に悩まされた私
飾り棚を大きな白い布で覆い、記憶を上書きした
すべてのシルバーフレームが白く消える。
まるで映画のように

何ヶ月か掛かって 私は昼も夜も部屋を整理し続ける
隅から隅まで見回して
何かを捨てて、何かを片付ける
そしてもう一度じっくり見回してみる
自分の部屋はすっきり居心地よくなって

今は 小さくて、幸せで、楽しいものだけがここに残っている。
まるで映画のように

部屋のドアの前に座って靴を履く
傍らには、赤いスーツケースが一つ置かれていて、
飛行機のチケットを手に握って目を閉じる
コーヒーの香りが私を目覚めさせる
目を閉じたままベッドの上に横たわる
男のハミングが台所から聞こえてくる
彼がそばに来て、抱擁をするでしょう
彼の香水の香りが私についてくる
私は星の王子さまを持ったまま日光を肩にかけテラスに座っている
海は穏やかで 空は眩しく
ビーチには穏やかな波が白い花のように咲いては消える
街の街路樹には、オレンジが実を結び華やかだ

私たちは、向かい合って睦まじく朝食をする
私は誠実で優しい彼の青い目が好きだ
彼は、遠くからやって来て
迷路のような日々の中で、
迷う私の手を取って 日向に出るドアを開いてくれた
そしていつ、どこで忘れてしまったかさえ忘れてしまった子供の頃の夢を取り戻してくれた
私は彼の目を見て、彼は私の手を握ったまま、私に幸せを教えた
いつの間にか空に三日月がたつ
ピクニックのような一日が暮れていく。
まるで映画のように

# 空の手

雨にずぶ濡れたまま
毛細血管が鮮明に透けて見える母の小さくなった
手を撫でます。
雨の降る幼い日
学校の軒下で
傘を大きく振りながらわたしを呼んだ手
今は病に伏して垂れ下がった手
頑張って貯めたお金を
黒いゴムひもで一山ずつ役割を分け
節の太い大きな手で渡してくれた
温かいよりも冷たいものと思って育ったけれど
今になって母の優しさに触れる。
生死を行き来していた母が
数日ぶりに指先をたどりながら
定まらない視線で送ってきました。
準備した遺影の写真を 隠して
内心の悲しみを見せないように
母の顔の位置を変える。

今日、あの日のように雨が降っているのに
母の手には傘がありません。

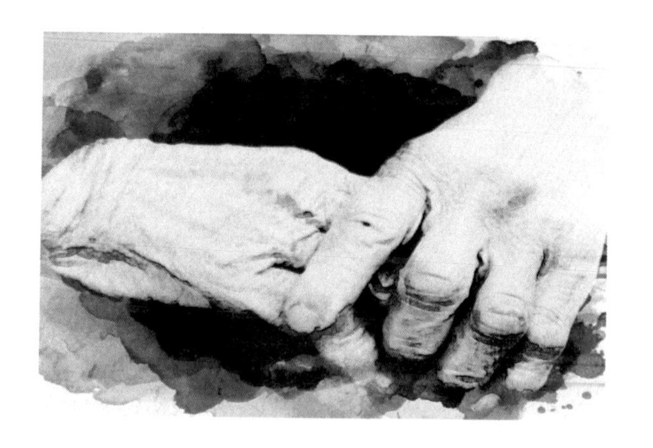

# ツタ

天に向かって

高い城壁を登って

強い雨の降る日にも

墜落しないように

全力で壁を抱えている。

# フルートを吹いて

君は私の手に
目が覚めてキスを
温もり分けてひとつになります。

全力を込めると
待つように咲いて
雲の上に道を作って
虹を落とします。

目に浮かぶ姿
無視した日もあったが
時間を戻すことはできなくて
君に近づけません。

この空の下
私たちが一緒にいる間
誰も知らない喜悦の花火です。

## このようにこんなに

あなたはわたしを見ている
私はあなたの瞳の中にあり
あなたは私の頭の中にある
このように

あなたは私をなでる
私はあなたの両手に包まれていて
あなたは私の胸の中にある
このように

# 花の独白

喜びの日は
風のように止まることがない
宝石のように香りに満ちていた
嬉しさに溢れていたからだ
寂しげな後ろ姿
故里の野に立っています。

あなたは言葉だけを残して
わたしを去っていきました
たった一人で目を合わせて
そのまま忘れていた日々
難い壁と向き合っています。

すでに壁画になってしまったけれど
そんなあなたでもそばに置きたい
風に任せたまま
乾いていく花の独り言だけが残りました。

# 風が泣く夜

凍てついた鉄道の路地に
何日間か一人の男がうろついている。

コートの襟を立てて
すくめたまま振り返ってみると
早い足取りで大通りを渡る後ろ姿。

夜が長かったある日
電柱にぶら下がって大声で泣き叫んだが
誰も気づかない。

窓を壊して入って来るように
急にガラスを振るわせて
どこかで猫の泣き声が近くなると
しばらく闇に身を隠す。

夜が明けようとするとき
疲れた男が壁に背を当てて
滑ってほどなく座り込む。

始発の電車の迫った奇跡が
耳に鳴って出てみたら
去っていく車両の最後に
男の裾が翻る。

# ある日、鳥の飛翔

眠れない夜に
小鳥の気配を聞く。

昼の間、畳んでいた翼を開いて
はっきりした星の光りに向かって
必死に羽ばたいている。

朝になると目を合わせないまま
床に積もっている羽毛を
はき出すだけだった。

ある日の朝、窓を開けたら
雲の中に出口を見つけたのか
頭上を大きく一周回って
澄んだ声でさえずりながら力強く舞い上がる。
振り返ることもなく飛び去っていく小鳥が
黒い点になって両の目に残っている。

残された巣には
眩しい太陽がこぼれ落ちて
再び、幻の小鳥が飛翔する。

# 色褪せた父の写真

父の枕の下から
色あせた写真一枚が出てきた。

故郷の川で幼い私たちと
水遊びをしている。

悪夢に目を覚ました夜ごとに
闇の中に手をかざして
この写真を撫でただろう。

幼児の顔を一人ずつ抱きしめて
彼らの行く道に押し出し見送って
疲れた足で川辺を歩いただろう。

瞬く間に時は流れていき
白と黒の流れにのまれる私を
父はただ微笑むだろう。

父は今、風やむ日を待ちながら
川筋に沿って歩むだろう。

# 彼の選択

一人の男が病院を出る。
厚い封筒を握ったまま

その男が火の消えた家に入る
ゴミ箱に大量の薬を捨てる。

誰もいない家を出る
空を見上げる。

どこかから現れた鳥が一羽
南に向かって飛んでいく。

# 五月の手紙

今日は夢の中で送ろうと思い
一通の手紙を書く。

あなたが好きな五月がきたんだけど
まだ冬の中折帽をかぶっている。
あれこれの理由で変えることができなかった古い
自転車は
ガタガタさせながら
今もまだ使われているのだろうか。
あなたが去ったという話を聞いて数日後、
後を追った母は
あなたと一緒にいらっしゃるのだろうか。
このごろ私は
中折帽をかぶった老紳士とすれ違ったり
彫刻のように公園の椅子にもたれて座ったままの
おじいさんを見るときには
あなたに連絡が届くような気がして

濡れてくる目であなたを探します。
今夜にでも来てくれるなら
おいしくみそチゲを沸かして魚も焼くつもり。
すぐに来る両親の日には新しい自転車一台準備しようと思う。
訪れてくれるのは
いつの日でしょうか。

封筒にお父様にと書いて
枕元に置いて寝る。

# 雨の日の海

海は早くから闇に包まれ

灰色の水面に

一隻の船が点線を描きながら

空との境界を越える。

# 霧の中に松一本

夜中に海から上がってきた
霧の裾を踏んで
見つめてばかりいた山に向かうね。

先立って行った足跡消して
行く道を閉ざす
近づくほどに静かだね。

手探りで入ったら
冷えた肌揉みながら眠っていた樹々
見知らぬ気配に驚いて寝返りを打って
名前を知らない木の枝は
襟を獲得するね。

ここにそのまま座り込んで
過ごしてきた夢路を考えてみるね。

濃い霧の向こうに
崖にぶら下がった松一本
たった一本で全力で合図するね。

徐々にはっきり見えてくる山の道を下り
もう振り向かないことにするね。

# 歴史のある家

最初の男は大工でしたね。
彼は窓をつけてくれて
ある日去っていきました。
彼女はそこに残りました。

二番目の男は石工でしたね。
彼は暖炉を積んでくれて
ある日去っていきました。
その日も、彼女はそこに残りました。

三番目の男は庭師でしたね。
彼は前庭に花を植えてくれて
ある日去っていきました。
いつものように彼女はそこに残りました。

今、ここに居る男は旅人でしたね。
彼は何もせずに休んでいます。
今日も彼女はそこにいます。

# 人が懐かしい日には
## - 東京で

雨が降り注ぐように曇った日には
濃いコーヒーを2杯飲みます。
どこでも同じ香りの中で
ゆらゆらと温めてくれるわけですね。

故郷の便りの書かれたはがきをもらった日には、
窓を一杯に開けます。
風に乗って子供たちの清い笑い声が飛んできます。

どこか見回して止まった日には
空を見上げてみます。
慈愛に満ちた父
独り言の尽きるまで聞いてくれます。

ふと人が懐かしい日には
どこにでも座り込んで
遠い日を思いながら
自分に長い手紙を書きます。

人は誰でも一人にならなければならない事を
忘れないためですよ。

# 幸せの料理法

まず、対立は小さく切って
憎悪は皮を剥いて
憎しみは洗って準備します
それらを忍耐と譲歩そして配慮にいくらか沈めて
おいておきます。
葛藤は柔らかくなって
憎悪は軟らかくになって
憎しみは減って溶け始めるまで
思い出の写真があったら一枚入れてもいいです。
その次に希望という鍋に移して穏やかな待ちの火
で煮詰めます。
少しのユーモアと微笑みをよくばらまいてみます。
もし今対立がオレンジ色に
憎悪がピンクに
憎しみがエメラルド色の緑になるとこの料理は成
功です。

最後にしばらく幻想の壺をして
よく蒸れながら食卓を整えます。
朝食には「愛しています」 を装飾して
昼食には、「ごめんなさい」を追加して、
夕食には、「ありがとう」も添えます。
そして門 を開いておきます。
愛する人がそばに来て座れば
「今日」という料理を一緒に分配します。

# サヴィニーヤス

大好きな太陽を求めてやって来た小さな村
一年中日射しの豊かなアンダルシア
朝には太陽が地中海の地平線上にその日の傑作を
描きながら現れて
空がさらに高い日には、アフリカまで見渡せる
あごひげ紳士の顔をして横になっているジブラル
タル島も見えるよ。

真夏のビーチには数え切れないほどの水着が
制服のように金持ちと貧しい人たちを区分できな
いように混ぜておく
この村人たちはいつも笑顔で
国籍の異なる人達とすぐに友達になる
この村の人たちはまた昼寝を好むので
午後2時から5時までは魚屋から工場、薬局まで
すべてのお店がカーテンを下ろす

私はこの真昼の平和なひとときを愛するよ。

夕暮どきには小さな子供からお年寄りまでみんな揃ってビーチを散歩して
夏には夕べごとにパーティーが開かれ
人々は路地でビーチで音楽に合わせて踊る
そして笑顔で夜明けを迎えるよ。

どこまでも澄み渡る空は
毎晩驚くほど多くの星を私たちにプレゼントして
輝く月は神秘的な光を海の上に解放するよ。

この小さな町で
私は幸せの訪れる道を見つけた
夜ごと私は夢を見て
夢の中で 愛らしい女の子になるよ。

# 満月祭り
## – 夏の夜、スペインで

私たちは近くで月を愛でるため
海辺に出かけます。
月は早くから海の上に浮かんで
少女たちは路地で
祭りに出る準備を済ませ
若者青年たちは目を輝かせながら
愛を求めて行ったり来たりします。
夜が深まるほどに月はほのかな光をひろめて
空に吹き上がる
夜の海は月の影を抱きしめて
夜通し幸せにワルツを踊ります。

## あなたと私

その日、あなたとわたしは
妖精が魔法をかけて
同じ日
同じ時間
同じ方向に行く列車
同じ車両
同じ座席に座らせたんだ。

その日以来、あなたとわたしは
お互いの荷物をひとつにし
お互いの言葉を交わし
お互いの考えを共有し
お互いの傷をかばい合いながら
長い時間のトンネルを通過したんだ。

その日以来、あなたとわたしは
一緒に地図を見て

一緒に雨に打たれながら
一緒に砂漠を渡って
一緒に道を探して
一緒に無事に小さな城に到着したよ。

今日もあなたとわたしは
妖精の魔法の中で
同じ時間
同じ速度
同じ方向に歩いているんだ。

# 鏡の中の彼女

彼女は最初からそこにいた
私が倒れるといつも再び立ち上がらせた彼女
彼女は私の一番親しい友達だし、真の助言者だった
私が嬉しいと彼女は歯を見せて大きく笑った
私が悲しければただ黙って涙を流した
彼女は私が見つけたらいつもそこで私を待っていた。

毎日少しずつ増えている荷物を担いで
彼女はただ明日だけに向かって
休むことなく、昼夜絶え間なく歩いた
いつの日かから彼女は少しずつ崩れていき
昨日、ついに座り込んでしまった。

今日、私は
彼女についているすべての名札を外し

〈両親の長女〉
〈息子や娘の母〉
〈姑の唯一の嫁〉
〈多くの子供たちの先生〉
〈夜ごとに日記にポエムを書く詩人〉
それぞれに少なからぬ傷を持つ。

彼女は自分との約束を守った女戦士だった
私は彼女が誇らしい。

# La femme dans le mirroir

Se Ycon, LEE

# Préface

On dit que les rêves peuvent devenir vrais. Pour moi, le rêve est un phare qui me montre le port. Quand la vie de tous les jours est semblable à la mer, j'étudie le chemin de mon rêve par temps clair, et quand je me retrouve ballotée en pleine tempête la nuit, je pagaie en direction du phare de toutes mes forces. Il y a vingt ans, périodiquement, j'étais hospitalisée avec de fortes fièvres qui duraient plusieurs jours. Même si je ne pouvais pas bouger à cause de la douleur crée par la trop forte température, j'avais toujours un petit bloc-notes, un crayon dans la poche et un cahier de vocabulaire anglais à mémoriser. Les médecins et les infirmières qui me surveillaient m'ont demandé quel diplôme important je devais passer, et je me souviens avoir souri. Alors que je commençais à étudier l'anglais, bien tard, j'ai nourri le rêve de traduire un jour mes poésies dans une autre langue.

Après mon diplôme universitaire obtenu aux Philippines, j'ai vécu au Japon pendant plusieurs années, j'ai étudié le français à la Sorbonne à Paris et je fréquente encore aujourd'hui l'école en Espagne. A chaque fois que j'apprenais une nouvelle langue, je traduisais mes poésies une par une pour mes amis étrangers et mes enseignants curieux de connaitre la poésie coréenne. J'ai compris l'importante différence qu'il y a entre parler couramment une langue étrangère et la difficulté à traduire de la poésie coréenne dans une autre langue. Pour cette raison, j'ai rédigé certaines de mes poésies directement dans la langue du pays où je vivais pour décrire leurs émotions dans cette langue et les traduisais à nouveau en coréen.

J'ai publié en coréen mes trois premiers recueils de poésies intitulés "Pour vivre seule", "Monologue d'une fleur", "L'envol de l'oiseau". Pour mon quatrième livre "La femme dans le mirroir" j'ai publié mes poèmes en multilingue comme j'en avais rêvé depuis longtemps. La difficulté de traduire la même poésie coréenne en quatre langues, anglais, japonais, français et espagnol a été de savoir comment communiquer le même message et la même émotion contenus dans le poème original au plus proche. Même si je voulais parler et exprimer le vocabulaire émotionnel que je voudrais transmettre dans d'autres langues, bien que la traduction des mots soit importante, j'ai décidé de respecter fidèlement l'image originale.

Pour ce travail de traduction je me suis entourée de natifs universitaires ou professeurs de chaque langue afin de m'assurer de la qualité du choix des mots utilisés et de l'exactitude de la grammaire respectifs à chacune de ces langues pour le lecteur coréen curieux de lire une traduction française, par exemple, d'une poésie coréenne ou pour un étudiant français curieux de lire une poésie dans le texte coréen original.

Je dédie ce livre à Didier, mon professeur de français, avec qui je partage ma vie, qui m'a encouragée à poursuivre mes études et m'a aidée pour ce travail multilingue.

Je veux remercier ma fille Yun Jea qui m'a donné la force d'étudier tout au long de ma vie et qui a contribué du début à la fin à l'édition de ce livre qui est aussi un cadeau pour mon plus fidèle supporter et admirateur, mon fils, Se Min.

Je suis infiniment reconnaissante envers mon professeur de poésie Choi Eun-ha, qui me garde toujours une place dans son cœur et m'écrit quelquefois même si désormais je vis très loin.

Je tiens aussi à exprimer ma gratitude à tous mes professeurs, Alizabeth de Manila City University, appelée "ange", mes professeurs japonais de l'école Nichibei à Tokyo, Murielle de la Sorbonne, aussi gentille qu'une amie, et mon professeur d'espagnol, Olga qui m'accorde du temps tous les jours.

Je partage la joie immense d'avoir publié ce livre avec mes deux amies, Goeun Byeol, journaliste et écrivain coréenne, pour ces précieux conseils, sa participation active et son dévouement personnel à la réalisation de ce projet et mon amie écrivain et journaliste Japonaise Harumi Fuji qui est venue de Tokyo en Espagne pour contrôler et corriger la traduction japonaise de mes poésies.

## Comme dans un film

**Aujourd'hui je sais que**
**Je suis aussi âgée que l'était maman.**
**Elle a suivi la même route que sa mère.**
**Je suis sur ce chemin quelques part là où ma grand-mère et ma mère sont déjà passées.**
**Comme dans un film.**

**J'ai une chambre des souvenirs.**
**Elle est aussi encombrée que les jours où j'y ai vécu.**
**Continuellement le temps me tirait par les bras.**
**Cet endroit est désordonné parce que je n'ai pas pu y faire du rangement.**
**Maintenant j'entre dans la pièce.**
**Comme dans un film.**

**Je regarde tout autour.**
**A travers une petite fenêtre j'observe le soir sur la**

**campagne**

**A côté de la fenêtre, un pupitre,**

- Posé sur le pupitre “Le Petit Prince”

Je vois un clavier de piano que j'avais dessiné sur du papier.

Je joue sur ce clavier.

Ma petite sœur chante à côté de moi.

Du clavier en papier résonne de la musique.

Nous chantons joyeusement au son de ce piano.

À ce moment-là, la voix de ma mère

Nous appelle à table pour le dîner.

La maison se remplit de l'odeur de la soupe aux raviolis

A table mes jeunes frères sont bruyants

Mon père sourit comme toujours.

En un instant un violent courant d'air souffle

sur le clavier de papier qui s'envole.

Comme dans un film.

**Il y a une boîte à biscuits sur l'étagère à côté du bureau.**
**J'essaie de l'ouvrir et la laisser tomber.**
**Les cartes postales et les lettres se dispersent dans la pièce.**
**Une enveloppe brune attire mon regard**
- Je suis assise sur un banc dans un parc.
Les chrysanthèmes sont en fleur.
Un jeune homme près de moi me tend cette enveloppe.
Elle contient son dernier salaire et son CV manuscrit.
C'est pour me convaincre d'accepter de devenir sa femme.
Je suis séduite par sa sincérité.
A l'aube tous les jours je lui prépare une boîte à lunch et la mets dans son sac.
Mon jeune époux la prend et se rend au travail.
Il part souvent à l'étranger mais revient toujours.

Je tricote des chaussons pour bébé en écoutant les quatre saisons de Vivaldi.
Je lis un conte à ma fille qui m'écoute en hochant la tête et tourne les pages.
A côté, ma belle-mère sourit au bébé dans ses bras.
Mon mari désormais va au travail tous les matins et retourne à la maison tous les soirs.
Nous emménageons dans un nouvel appartement.
Il y met un piano et je fleuris le salon
Le dimanche soir, je joue du piano avec ma fille.
Mon mari et ma belle-mère assis sur le canapé applaudissent.
Mon bébé bat des mains pour imiter les autres.
Un lundi matin, il part au travail avec son sac.
Mon fils est dans mes bras,
ma fille embrasse son père.
Il quitte la maison avec son habituel beau sourire.
Il ne rentre pas à la maison.

Comme dans un film.

**Dans un coin de la chambre deux boîtes sont recouvertes de poussière.**
**J'ouvre la première.**
- Une sonnerie de téléphone jaillit angoissante.
J'écoute, mes mains lâchent le téléphone,
mes jambes ne me tiennent plus.
Je pleure et serre mes deux enfants dans mes bras.
Le garçon joue sur son tricycle dans le jardin funéraire.
Mon fils est trop jeune pour comprendre la mort ou l'absence.
Il s'approche de moi et me demande ce qu'est un accident de la route.
Les gerbes de fleurs empilées au salon s'assèchent une à une.
Je me flétris lentement comme ces fleurs.

Un matin
je regarde le visage de mon fils qui dort sur mon cœur.
Sur la face sale de l'enfant les larmes ont laissé des traces.
Ce gamin ne sait même pas qu'il est séparé, que c'est triste.
Quand sa mère pleure, sa grande sœur pleure et il pleure comme elles.
J'essuie son visage avec une serviette humide.
Je vais à la cuisine et recommence à manger.
Comme dans un film.

**J'ouvre la deuxième boîte et je fouille dedans.**
**Au fond je trouve un vieux livre.**
**C'est Le Petit Prince. Je l'ouvre.**
**Un trèfle à quatre feuilles est resté collées entre les pages.**

- Ce jour-là le doux parfum des fleurs sauvages
emplit l'air.
Les deux enfants jouent dans le jardin.
Ils courent déposer leurs bouquets dans mes mains.
Et s'en retournent dans la prairie cueillir un peu plus
de bonheur.
Je les regarde et je souris.
Mon cœur se réchauffe.
**Je déplie un renflement dans le livre.**
**C'est une fleur de papier de couleur.**
- Ma fillette attache cette fleur à mon chemisier avec
ses petites mains.
Je la regarde et je souris.
Mon cœur se réchauffe.
**Coincée entre deux pages,**
**une photo où tout le monde rit très fort**
**tombe sur mes genoux.**

- Ma fille, mon fils, leur grand-mère et moi-même sommes ensembles.
Ce jour-là, en regardant quelques factures
je soupire longuement.
Mon garçon de six ans en me voyant me propose sa solution.
Une banque a installé un nouveau guichet automatique près de chez nous.
Il dit qu'on n'a seulement besoin d'une carte.
Nous éclatons tous de rire.
Comme dans un film.

**J'ai empilé toutes ces choses dans les deux boîtes sur le sol.**
**Je décide de n'en garder que quelques-unes.**
**Le trèfle à quatre feuilles, la fleur en papier, Le Petit Prince, le jour où nous avons joué dans le jardin, le parfum des fleurs des champs et les éclats de rire de tout le monde.**

**La lumière du soleil traverse la fenêtre et forme un arc-en-ciel.**
**Qui pénètre dans la boîte quand je la referme.**
**Comme dans un film.**

**Maintenant mes yeux font le tour des murs.**
**Les photos de mes parents pendent côte à côte.**
- Un jour, mon père me dit : “je m’en vais”.
Le lendemain il est parti.
Ma mère, allongée sur un lit d'hôpital pendant plus d'une décennie sans même pouvoir parler, entend que mon père est parti.
Le lendemain elle quitte la vie aussi.
C’est en été.
Il pleut tous les jours.
Je passe la saison sous la pluie, mouillée, sans parapluie.
Je suis en été mais j’ai tout le temps froid.
Comme dans un film.

Une armoire décorative est sur l'autre mur.

Je m'approche.

Sur chaque étagère sont disposés de nombreux cadres, grands et petits.

Les enfants grandissent à chaque image et enfin quittent la maison, devenus adultes.

Sur chacune de ces photos je vieillis peu à peu.

Je regarde les dates notées au verso.

Je détourne quelques cadres et en repose d'autres sur l'image.

Soudain, je chancelle.

Je tourne en rond dans la chambre pour calmer ma migraine.

Avec un grand drap blanc je recouvre l'armoire

qui disparaît derrière le blanc du drap qui s'estompe

Comme dans un film.

Pendant des mois j'organise cette pièce nuits et jours.

Je fais le tour de tous les recoins et jette quelque chose et jette encore.

Je regarde en toute sérénité l'intérieur de la chambre.

Maintenant, ma salle de souvenirs est propre et tranquille.

Je n'y laisse que de petites choses, jolies, joyeuses et heureuses.

Comme dans un film.

Je suis assise devant la porte de la chambre.

Je mets des chaussures.

Une grande valise rouge est à côté de moi.

Je tiens un billet d'avion et je ferme les yeux.

- L'arôme du café me réveille.
Je suis dans un lit avec les yeux fermés.
J'entends le chantonnement d'un homme dans la cuisine.
Il vient me voir et m'embrasse.
L'odeur de son parfum préféré vient à moi.
Je suis assise à la table sur la terrasse, le soleil sur mes épaules.
J'ai mon livre préféré à la main. C'est Le Petit Prince.
Le ciel est d'un bleu éblouissant et la mer est calme.
Les vaguelettes blanches s'épanouissent comme des fleurs et disparaissent sur le bord de la plage.
Dans la rue, des oranges pendent aux branches des arbres.
Nous prenons le petit déjeuner face à face amoureusement.
J'aime ses yeux bleus parce qu'ils sont doux et sincères.

Il est venu de très loin.

Il m'a ouvert la porte sur le chemin du soleil, prenant ma main quand j'étais dans le labyrinthe des jours.

Il a réalisé mon rêve de petite fille que j'avais perdu je ne me souviens pas ni où ni quand.

Je regarde ses yeux, il m'enseigne le bonheur.

Il serre ma main en me parlant.

En très peu de temps, un croissant de lune apparait dans le ciel.

Une journée passe comme un pique-nique.

Comme dans un film.

# La main vide

Alors que j'arrive, trempée par la pluie,
je prends la main de ma mère, je la caresse.
Elle est devenue toute petite,
les vaisseau sanguins visibles sous la peau fine.
Je me souviens d'un jour de pluie
la même main devant mon école
agitant un parapluie.
Maintenant, cette main est suspendue à son bras
attaché à un lit d'hôpital.
Il y a longtemps,
sa grosse main rugueuse avait partagé pour chaque
enfant quelques billets d'argent en rouleaux identiques
serrés  par un élastique noir.
Argent qu'elle avait économise dans un pot.

J'ai grandi en croyant que ces mains étaient froides
Parce que je n'ai pas de souvenir qu'elles fussent affectueuse
J'ai grandi en croyant que ces mains étaient froides.
Maintenant, je sais combien son cœur est chaleureux.
Des injections plantées dans les deux bras,
au frontière de la mort pendant quelques jours,

soudain elle revient à la vie,
les mains tremblantes, les yeux troublés.
Je cache alors la photo que j'avais préparée à la hâte
pour la cérémonie funèbre.
Elle ne veut pas nous montrer sa tristesse
et détourne sa tête vers le mur.
De l'autre cote de la fenêtre la pluie fait rage
Maintenant, il n'y a pas de parapluie
dans la main de ma mère.

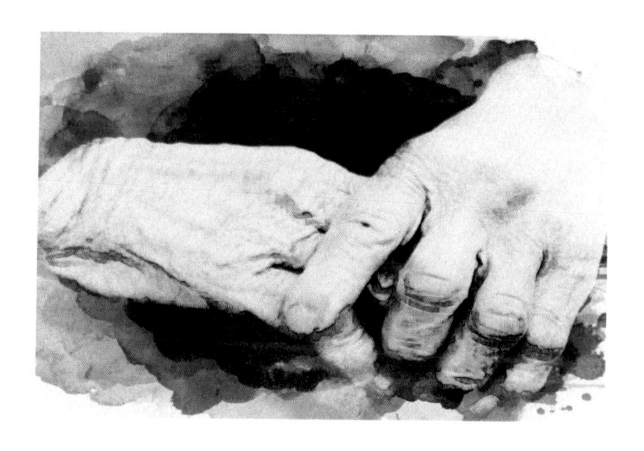

# Le Lierre

Le ciel est tout en haut

Il faut s'agripper à la muraille

S'élever en dépit des tempêtes

S'accrocher jusqu'au bout de ses forces

Pour ne pas chuter

# La flûtiste

Ma main te touche
Je t'embrasse tu te réveilles
Je te partage ma chaleur et nous ne faisons qu'un.

Je te serre dans mes bras de toutes mes forces
Tu es comme une fleur qui attend d'éclore
Une fréquence qui s'envole par-dessus les nuages
Et y accroche un arc-en-ciel.

Je n'arrive pas à détourner mon regard de toi
Il y a des jours où je voudrais t'effacer de ma mémoire
Mais je ne peux pas renverser le temps
Alors j'évite de t'approcher.

Personne ne peut connaitre ce sentiment de bonheur.
Lorsque nous sommes ensemble
Dans ce ciel.

# C'est comme ça

Tu me regardes
Je suis dans tes yeux
Tu es dans ma tête
C'est comme ça

Tu me caresses
Je suis dans tes mains
Tu es dans mon cœur
C'est comme ça

# Le monologue d'une fleur

La joie d'un jour heureux
Comme le vent ne dure qu'un instant.
Il m'avait apporté quelques fleurs
Dont le parfum, plus précieux qu'un diamant,
M'avait procuré une joie immense.
Avec le temps la joie s'efface
Et je reste seule
Au milieu de mon jardin natal.

Il est parti
Laissant derrière lui
Une histoire que je ne saurais décrire.
Dès le premier instant
il n'y avait que lui dans mes yeux.
Je fais face à une falaise gigantesque
avec le souvenir de ces jours.

Je veux le garder à côté de moi
même s'il n'est plus qu'une peinture épinglée sur un mur.
Dans les mains du vent
Il ne reste que l'histoire d'une fleur.

# La nuit le vent gémit

Dans la ruelle verglacée de la gare
Depuis plusieurs jours tourne un rôdeur
Il a agrippé brutalement mon vêtement
Je me retourne apeurée
Derrière moi il traverse rapidement le boulevard.

Une nuit encore plus longue
Il s'acharne sur un poteau en poussant des hurlements
Personne n'ouvre sa porte pour le regarder.
Redoublant de violence il frappe ma fenêtre
Tout près, je ne sais où, il miaule comme un chat
L'instant suivant il se cache dans l'obscurité.

Juste avant le lever du soleil
Le fauteur de trouble fatigué s'appuie sur un mur
Se laisse glisser et s'assoit

Le premier train du matin passe
J'entends son signal
Je sors pour le voir
Au bout du train sur le dernier wagon
Son manteau ondule dans le vent.

# Un jour, l'oiseau s'envole

Toutes les nuits,
J'entendais l'oiseau, encore petit,
Qui n'arrivait pas à dormir.

Repliées pendant le jour
Déployées vers la lumière claire des étoiles
De toutes ses forces il secouait ses ailes.

Tous les matins
Je ramassais les plumes jonchées sur le sol.
J'évitais de croiser ses yeux.

Un jour, je lui ouvre la fenêtre
Il décrit un large cercle au-dessus de ma tête
Trouve une sortie à travers les nuages.
Chante d'une voix claire,
Et s'éloigne puissamment

Sans jamais regarder en arrière
Devient un point minuscule qui s'imprime dans mes yeux.

Il ne reste qu'un nid
Où le soleil brillant se répand.
Encore une fois, un oiseau s'élève.

# Une photo décolorée de mon père

J'ai découvert une ancienne photographie
Sous l'oreiller de mon père.

C'est une photo de son village natal,
Il joue dans un torrent avec ses enfants.

Toutes les nuits il avait dû être brutalement réveillé,
son sommeil sans cesse agité.
Alors il saisissait cette photo et la touchait
Dans l'obscurité totale comme s'il avait pu la voir.

Il caressait les visages un par un du bout des doigts,
il avait dû les laisser aller chacun suivre sa vie.
Il marche seul alors au fil de l'eau le pas lourd et fatigué.

Il a dû essayer de sourire

Quand il m'a essuyée

Toute mouillée des embruns sombres.

Maintenant mon père suit cette rivière

En attendant le jour où le vent mauvais s'arrêtera.

# Le choix

Un homme sort de l'hôpital
Chercher des médicaments
À la pharmacie

Il rentre chez lui
Où plus personne ne l'attend
Un instant il regarde dans ses mains
Les pilules et les cachets
Puis les jette à la poubelle

Il sort de la maison
Regarde vers le ciel

Soudain un oiseau apparait
Qui s'envole en direction du sud

# La lettre de mai

J'écris une lettre
Pour la poster dans mon rêve.

C'est le printemps, la saison que tu préfères.
Mets-tu toujours ton chapeau mou en hiver?
Ton vieux vélo, marche-t-il bien encore?
Maman est partie
Quelques jours après que tu nous as quitté.
Je crois qu'elle est à côté de toi.
Jusqu'à maintenant je te cherche
Mes yeux mouillés de larmes
Lorsque je croise un homme âgé
Qui porte le même chapeau que toi
Ou un monsieur aux cheveux blancs
Au parc assis sur un banc.
Papa, quand tu viendras me voir
Je te ferai ton plat préféré.

Je te grillerai le poisson que tu aimes.

C'est bientôt la fête des pères.

Je t'achèterai un nouveau vélo.

Réponds à ma lettre.

Dis-moi si tu viens.

J'écris sur l'enveloppe “A mon père”

Je m'efforce de m'endormir

Après l'avoir posée à coté de mon oreiller.

# Un jour de pluie sur la mer

La mer a déjà laissé l'obscurité s'échapper

La surface de l'eau est couleur cendre

Sur la ligne de l'horizon un bateau

Croise la frontière entre la mer et le ciel

# Un sapin dans le brouillard

Je vais sur une montagne que je n'avais fait que
regarder
Je marche dans un épais brouillard déployé toute la
nuit par la mer.

Plus je m'enfonce dans le bois et plus c'est paisible
La forêt ne me montre pas le chemin
Elle a effacé les traces.

J'entre à tâtons dans la ramure
Surpris par les sons étrangers
Les arbres dénudés essayent de se rendormir
Et se frictionnent mutuellement leurs écorces
endolories par le froid
Un arbre dont je ne connais pas le nom
M'attrape par la veste.

Je m'assoie là
Je fais le bilan du chemin parcouru.

Accroché au bord d'un précipice, un sapin
Me fait obstinément des grands signes
Énigmatiques dans le brouillard épais.

En redescendant de la montagne le chemin devient de plus en plus clair.
Je décide de ne plus regarder en arrière.

# Histoire d'une maison

Le premier homme était un menuisier
Il a construit une fenêtre
Un jour il l'a quittée
Elle était là

Le deuxième homme était un maçon
Il a bâti une cheminée
Un jour il l'a quittée
Elle était encore là

Le troisième homme était un jardinier
Il a créé un parc
Un jour il l'a quittée
Elle était toujours là

Le homme qui reste maintenant est un voyageur
Il ne change rien
Il ne la quitte pas
Elle est là

# Un jour de solitude à Tokyo

Un jour de ciel de pluie
Je bois deux tasses de café noir
Son odeur chaude, universelle,
Réconforte mon cœur qui se sent seul.

Un jour je reçois une carte postale de chez moi
J'ouvre la fenêtre en grand
Le vent m'apporte les rires des enfants de là-bas.

Un jour je ne sais pas où je suis
Je regarde partout et je m'arrête
Je regarde le ciel
Là-haut, mon père m'écoute
Les yeux affectueux comme avant.

Un jour, loin de tout, loin de tous
Je m'assois
Pour m'écrire une longue lettre.

Pour ne pas oublier
Que tout le monde un jour se sent seul.

# Recette de bonheur

Tout d'abord, tranchez le conflit
Epluchez la haine
Rincez l'hostilité.
Marinez le tout dans un bouillon de patience, concessions et gentillesse
Jusqu'à ce que le conflit ramollisse
Que la haine s'adoucisse
Et que l'hostilité réduise.
Dans le bouillon, si vous en avez en réserve, ajoutez une photo souvenir.
Ensuite, transvasez la préparation dans un poêlon d'espoir.
Laissez mijoter sous un feu calme d'attente.
Jetez souvent une pincée d'humour et de sourires.
Surveillez l'évolution de votre plat.
Si maintenant
Le conflit est orange

La haine est rose
Et l'hostilité a le vert de l'émeraude
Le plat semble réussi.
Couvrez de fantaisie et laissez reposer le temps
nécessaire.
Le moment est enfin arrivé de dresser la table
Si c'est pour un petit-déjeuner, la décorer avec des
"Je t'aime"
S'il s'agit d'un déjeuner, ajoutez un "désolé"
Si c'est un souper, accompagnez d'un "merci"
Laissez la porte ouverte.
L'être aimé va venir s'assoir à coté de vous
Servez-lui votre plat appelé "Aujourd'hui".

# Sabinillas

J'ai suivi mon soleil adoré jusqu'à un petit village du bord de mer étalé toute l'année sous le grand soleil d'Andalousie.
Le matin il émerge de l'horizon sur la mer méditerranée et dessine un chef d'œuvre différent à chaque fois.
Quand le ciel est très clair, d'où je suis, j'aperçois l'Afrique et Gibraltar ressemble au visage barbu d'un gentleman allongé.

Aux mois d'été les maillots de bain innombrables sur la plage, pareils à des uniformes, mélangent les riches et les pauvres sans discernement.
Ici les habitants sont souriants et il est facile de nouer des amitiés avec d'autres nationalités.
Dans ce village, tout le monde fait la sieste au milieu de la journée pour se reposer.
Alors à quatorze heures, le poissonnier, le garagiste, le pharmacien et toutes les autres boutiques baissent

leurs rideaux jusqu'à dix-sept heures.

J'adore ce moment de tranquillité.

A la nuit tombée, enfants et vieillards ensemble en
familles se promènent au bord de la plage.
L'été c'est la fêtes tous les soirs. Les habitants
dansent, boivent, rient, aux sons des musiciens sur la
plage, dans les ruelles, jusqu'à l'aube.
Ici l'air pur, nous offre, quand le ciel est clair, des
nuits étoilées admirables.
Quelquefois une lune énorme éclaire la mer de son
reflet blanchâtre.

Dans ce petit village j'ai trouvé le chemin du
bonheur.
La nuit, quand je dors, je fais un rêve.
Dans mon rêve je redeviens une petite fille.

# La fête de la pleine lune
## - Une nuit d'été en Espagne

Nous allons à la plage nous rapprocher de la lune.
Elle flotte déjà sur la mer.
Les demoiselles sont enfin prêtes à aller à la fête dans les ruelles.
La jeunesse en quête d'amour a les yeux qui pétillent.
Plus tard dans la nuit, haute dans le ciel,
La pleine lune étend une lumière généreuse.
La mer nocturne embrasse l'ombre de la lune
Et la lune et la mer dansent toute la nuit une valse joyeuse.

# Toi et moi

Ce jour-là, toi et moi
D'un coup de baguette magique
Le même jour
À la même heure
Dans la même direction de la même ligne de train
Dans le même wagon
On s'est retrouvés assis sur le même banc.

Depuis ce jour, toi et moi, nous avons
Partagé l'un pour l'autre les fardeaux
Partagé l'un pour l'autre le même langage
Partagé l'un pour l'autre les idées
Soigné l'un pour l'autre les blessures
Traversé un long tunnel du temps.

Depuis ce jour-là, toi et moi
Ensemble suivant le même plan

Ensemble sous la pluie
Ensemble à travers le désert
Ensemble nous avons trouvé le chemin
Ensemble nous sommes arrivés, sains et saufs dans
un petit château.

Aujourd'hui, toi et moi
Encore dans la magie des fées
En même temps
Au même rythme
Dans la même direction
Nous marchons ensemble.

# La femme dans le miroir

Elle était là dès le début
Elle me relevait chaque fois que je tombais
Elle était ma meilleur amie et ma conseillère
Elle riait aux éclats quand j'étais contente,
Elle pleurait à chaudes larmes quand j'étais triste
Elle m'attendait là quand je la réclamais

Elle a marché jours et nuits
Sans faire de halte pour atteindre demain
Elle a porté ses fardeaux
Un peu plus lourds chaque jour,
Ces derniers temps elle vacillait peu à peu
Hier, finalement, elle s'est écroulée

Aujourd'hui,
J'ai arraché toutes les étiquettes qui lui collaient à la peau :

<l'aînée>,
<la mère de deux enfants>,
<la belle-fille>,
<le professeur de musique de beaucoup d'enfants>,
<la poétesse qui écrivait toutes les nuits>
Je regarde les cicatrices grandes et petites
Sous les étiquettes, une fois retirées

Je suis fier d'elle
Elle a été une guerrière qui a tenu les promesses faites à
elle-même

# La mujer en el espejo

Se Yeon, LEE 

# Prefacio

Se dice que los sueños pueden volverse realidad. Para mí, el sueño es un faro que me muestra el puerto. Cuando la vida cotidiana es similar al mar, estudio el camino de mi sueño en el día claro, y cuando me encuentro tambaleándome en una tormenta en la noche, me dirijo hacia el faro con toda mi fuerza. Hace veinte años, periódicamente, fui hospitalizado con fiebres que duraron varios días. Aunque no podía moverme debido al dolor causado por la alta temperatura, todavía tenía un cuaderno pequeño, un lápiz en el bolsillo y un libro de vocabulario en inglés para memorizar. Los médicos y las enfermeras que me observaban me preguntaron qué examen importante tenía que pasar, y recuerdo haber sonreído. Cuando comencé a estudiar inglés, bien tarde, alimenté el sueño de traducir algún día mis poemas a otro idioma.

Después de graduarme en Filipinas, viví en Japón

durante varios años, estudié francés en la Sorbona en París y todavía asisto a la escuela en España. Cada vez que aprendía un nuevo idioma, traducía mis poemas uno por uno para mis amigos y profesores extranjeros con curiosidad sobre la poesía coreana. Comprendí la diferencia importante entre hablar un idioma extranjero con fluidez y la dificultad de traducir la poesía coreana a otro idioma. Por esta razón, escribí algunos de mis poemas directamente en el idioma del país donde vivía para describir sus emociones en ese idioma y los traduje nuevamente al coreano.

Publiqué en coreano mis primeras tres colecciones de poemas titulados "Para vivir sola", "Monólogo de una flor", "El vuelo del pájaro". Para mi cuarto libro "La mujer en el espejo", publiqué mis poemas en multilingüe, como había soñado durante mucho tiempo. La dificultad de traducir la misma poesía coreana en cuatro idiomas, inglés, japonés, francés y español fue cómo comunicar el mensaje y la emoción contenidas en el poema original al más cercano. Aunque quería hablar y expresar el vocabulario emocional que me gustaría transmitir en otros idiomas, aunque la traducción de las palabras es importante, decidí respetar fielmente la imagen original.

Para este trabajo de traducción me he rodeado de nativos o profesores de cada idioma para asegurarme de la calidad de la elección de las palabras usadas y la precisión de la gramática respectiva a cada uno de estos idiomas para el lector coreano curioso de leer una traducción al francés, por ejemplo, de una poesía coreana o para un estudiante francés curioso de leer un poema en el texto coreano original.

Dedico este libro a Didier, mi profesor de francés, con quien comparto mi vida, quien me animó a continuar mis estudios y me ayudó en este trabajo multilingüe.

Quiero agradecer a mi hija Yun Jea que me ha dado la fortaleza para estudiar durante toda mi vida y que ha contribuido de principio a fin a la edición de este libro, que también es un regalo para mi más fiel seguidor y Admirador, hijo mío, Se Min.

Estoy infinitamente agradecida a mi profesor de poesía, Choi Eun-ha, que siempre me tiene un lugar en el corazón y que a veces me escribe incluso si ahora vivo muy lejos.

También me gustaría expresar mi gratitud a todos mis profesores, Alizabeth de Manila City University, llamada "ángel", mis profesores japoneses de la escuela Nichibei en Tokio, Murielle de la Sorbonne, tan amable como una amiga, y mi profesora de español, Olga, quien me da tiempo siempre para ayudarme.

Comparto la inmensa alegría de publicar este libro con mis dos amigas, Goeun Byeol, periodista y escritora coreana, por este valioso consejo, su participación y su dedicación personal a la realización de este proyecto y a mi amiga escritora y periodista japonesa Harumi Fuji, que vino de Tokio a España para controlar y corregir la traducción japonesa de mis poemas.

# Como en una película

Hoy sé que
Soy tan viejo como mi madre.
Ella siguió el mismo camino que su madre.
Yo también estoy en ese camino en algún lugar
donde mi abuela y mi madre ya han pasado.
Como en una película

Tengo una habitación de recuerdos.
Está tan congestionado como los días que viví.
El tiempo siempre me tiraba de los brazos.
Este lugar está desordenado porque no pude hacer
ningún almacenamiento.
Ahora entro en la sala.
Como en una película

Miro al alrededor.
A través de una pequeña ventana
miro la tarde en el campo

**Al lado de la ventana, un escritorio,**

**En el escritorio "El Principito".**

- Veo un teclado de piano que dibujé sobre papel.

Yo toco en este teclado

Mi hermanita canta a mi lado.

El teclado de papel resuena con música.

Cantamos felizmente al sonido de este piano.

En ese momento, la voz de mi madre

Nos llama a la mesa para cenar.

La casa se llena de olor a sopa de ravioles

Mis pequeños hermanos se hablan en la mesa

Mi padre sonríe como siempre.

En un instante, una corriente de aire violento sopla

En el teclado de papel que se vuela.

Como en una película

**Hay una lata de galletas en el estante al lado del escritorio.**

**Intento abrirlo y soltarlo.**

**Los postales y las letras están dispersas por toda la sala.**

**Un sobre marrón atrae mi mirada**

- Estoy sentada en un banco en un parque. Los crisantemos están en flor.

Un joven hombre cerca de mí me entrega este sobre.

Contiene su último salario y su CV manuscrito.

Es para convencerme de aceptar ser su esposa.

Estoy aceptada por su sinceridad.

Al amanecer todos los días preparo una fiambrera y la pongo en su portafolios.

Mi joven esposo lo toma y se va a trabajar.

A menudo va al extranjero, pero siempre regresa.

Estoy haciendo ganchillo el calcetín para bebé escuchando las cuatro temporadas de Vivaldi.

Le leo una historia a mi hija, que me escucha, sacude la cabeza y pasa las páginas.

Al lado, mi suegra sonríe al bebé en sus brazos
Mi esposo ahora va a trabajar todas las mañanas y regresa a casa todas las noches.
Nos estamos mudando a un nuevo apartamento.
Él pone un piano y yo doy las flores en la sala de estar
El domingo por la noche, toco el piano con mi hija.
Mi esposo y mi suegra se sientan en el sofá vitoreando.
Mi bebé está aplaudiendo para imitar a los demás.
Un lunes por la mañana, él va a trabajar con su portafolios.
Mi hijo está en mis brazos y mi hija está besando a su padre.
Él sale de la casa con su hermosa sonrisa habitual.
Él no viene a casa.
Como en una película

**En un rincón del cuarto, dos cajas están cubiertas de polvo.**

**Abro el primero.**

- El sonido de un teléfono sonaba estrepitosamente.

Escucho, mis manos dejan caer el teléfono y mis piernas ya no me sostienen.

Lloro y abrazo a mis dos niños en mis brazos.

El niño juega en su triciclo en el jardín fúnebre.

Mi hijo es demasiado joven para entender la muerte o la ausencia.

Él me acerca y me pregunta qué es un accidente de tráfico.

Los potes de flores en la sala de estar se están secando uno por uno.

Me marchito lentamente como estas flores.

Una mañana

Miro la cara de mi hijo durmiendo en mi corazón.

En la cara sucia del niño dormido, las lágrimas han dejado su marca.
Este niño ni siquiera sabe que está separado, es triste.
Cuando su madre llora, su hermana mayor llora y llora como ellos.
Le limpio la cara con una toalla mojada.
Voy a la cocina y empiezo a comer de nuevo.
Como en una película

**Abro la segunda caja y lo hurgo.**
**En el fondo, encuentro un libro antiguo.**
**Es el Principito. Lo abro**
**Un trébol de cuatro hojas permanecía atascado entre las páginas.**
- Ese día, el dulce aroma de las flores silvestres llena el aire.
Los dos niños juegan en el jardín.
Corren para poner sus ramos en mis manos.

Y vuelve a la hierba para recoger un poco más de
felicidad.
Los miro y sonrío.
Mi corazón se está calentando.
**Despliego un bulto en el libro.**
**Es una flor de papel de color.**
- Mi niña ata esta flor a mi blusa con sus pequeñas
manos.
La miro y sonrío.
Mi corazón se está calentando.
**Atrapado entre dos páginas, una foto donde todos**
**se ríen mucho**
**Cae sobre mis rodillas**
- Mi hija, mi hijo, su abuela y yo estamos juntos.
Ese día, mirando algunas facturas
Lanzo un largo suspiro
Mi hijo de seis años, al verme, me ofrece su solución.
Un banco ha creado un nuevo cajero automático

cerca de nuestra casa.Él dice que solo necesitamos una tarjeta.
Todos nos echamos a reír.
Como en una película

**He volcado todas estas cosas en las dos cajas en la sala.**
**Decido guardar unas pocas solamente.**
**El trébol de cuatro hojas, la flor de papel, El Principito, el día que jugamos en el jardín, el aroma de las flores silvestres y la risa de todos.**
**La luz del sol pasa a través de la ventana y forma un arco iris.**
**Que entra en la caja cuando lo cierro.**
**Como en una película**

**Ahora mis ojos recorren las paredes.**
**Las fotos de mis padres cuelgan una al lado de la otra.**

- Un día, mi padre me dijo: "Me voy".
Al día siguiente se fue.
Mi madre, tumbada en la cama de un hospital
durante más de una década sin siquiera poder hablar,
se entera de que mi padre ya no está.
Al día siguiente ella también deja la vida.
Es en verano.
Llueve todos los días.
Paso una estación de la lluvia, mojada, sin paraguas.
Estoy en el verano, pero tengo frío constantemente.
Como en una película

**Un mueble decorativo está en la otra pared.**
**Me estoy acercando.**
**En cada estante están dispuestos muchos marcos,**
**grandes y pequeños.**
**Los niños crecen con cada imagen y finalmente**
**salen de la casa, se hacen adultos.En cada una de**
**estas fotos gradualmente voy envejeciendo.**

**Miro las fechas anotadas en la parte posterior.**
**Desvío algunos marcos y resto otros en la imagen.**
**De repente, me tambaleo.**
**Vago por la sala para calmar mi dolor de cabeza.**
**Y cubre el armario con una gran sábana blanca.**
**Desaparece detrás del blanco de la sabana que se desvanece**
**Como en una película**

**Durante meses arreglo este cuarto noche y día.**
**Busco por toda la habitación y tiro de nuevo.**
**Ahora mi cuarto de memoria está limpio y silencioso.**
**Miro serenamente dentro de la sala.**
**Simplemente dejo cosas pequeñas, bonitas, juguetonas y felices.**
**Como en una película**

**Estoy sentada frente a la puerta de la habitación.**
**Me pongo los zapatos.**
**Una gran maleta roja está a mi lado.**
**Tengo un billete de avión y cierro los ojos.**
- El aroma del café me despierta.
Estoy en una cama con los ojos cerrados.
Escucho el canturreo de un hombre en la cocina.
Él viene a verme y me besa.
El olor de su perfume favorito viene a mí.
Estoy sentada en la mesa de la terraza, el sol sobre mis hombros.
Tengo mi libro favorito en la mano es "El Principito".
El cielo es deslumbrante azul y el mar está en calma.
Las pequeñas olas blancas florecen como flores y desaparecen en el borde de la playa.
En la calle, las naranjas cuelgan de las ramas de los árboles.

Desayunamos cara a cara con cariño.
Me gustan sus ojos azules porque son dulces y sinceros.
Él vino de muy lejos.
Me abrió la puerta en el camino del sol, tomando mi mano cuando estaba en el laberinto de días.
Se dio cuenta de mi sueño de una niña pequeña que había perdido que no recuerdo dónde ni cuándo.
Miro sus ojos, él me enseña felicidad.
Él aprieta mi mano mientras habla conmigo.
En muy poco tiempo, aparece una luna creciente en el cielo.
Un día pasa como un picnic.
Como en una película.

# La mano vacía

Cuando llego, empapado por la lluvia,
tomo la mano de mi madre, la acaricio.
Se ha vuelto muy pequeña,
los vasos sanguíneos visibles bajo la piel delgada.
Recuerdo un día lluvioso
la misma mano delante de mi escuela
ondeando un paraguas.
Ahora esta mano está suspendida de su brazo unido a una cama de hospital.
Hace mucho tiempo, en una olla, la mano había laboriosamente ahorrado algo de dinero
compartido para cada niño en rollos idénticos unidos por un elástico negro.
El dinero que ella nos había dado con su gran mano áspera.
Crecí pensando que estas manos estaban frías
Ahora sé que su corazón está caliente.

Inyecciones plantadas en ambos brazos, en la
frontera de la muerte durante unos días,
De repente ella vuelve a la vida,
sus manos temblorosas, sus ojos perturbados.
Oculto el cuadro que había preparado con prisa para
la ceremonia fúnebre.
Ella no quiere mostrarnos su tristeza y gira su cabeza
hacia la pared.
Al otro lado de la ventana, la lluvia hace estragos
Ahora no hay paraguas en la mano de mi madre.

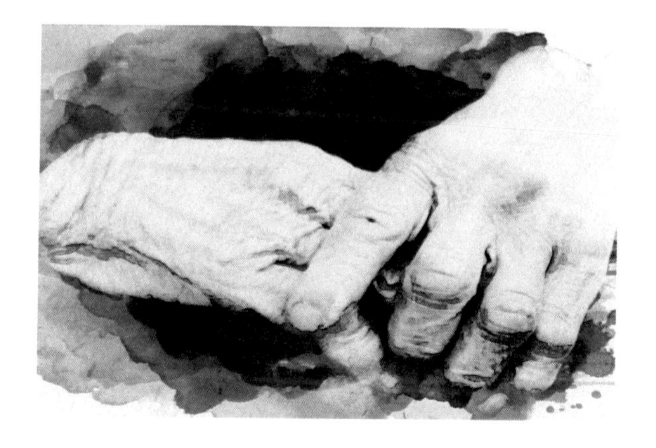

# La hiedra

El cielo está por encima del muro

Captarlo

Subir a pesar de las tormentas

Sostener hasta el final de la fuerza

Para no caer.

# La flautista

Mi mano te toca
Te beso, te despiertas
Te comparto mi calor y nosotros somos uno.

Yo te tengo en mis brazos con todas mis fuerzas
Eres como una flor esperando a florecer
Una frecuencia que vuela por encima de las nubes
Y cuelga un cielo de arco iris.

No puedo quitar mis ojos de ti
Hay días en que quiero borrarte de mi memoria
Pero no puedo invertir el tiempo
Por eso evito acercarme a ti.

Nadie puede saber ese sentimiento de felicidad.
Cuando estamos juntos
En el cielo

# Así es

Tú me miras
Estoy en tus ojos
Tú estás en mi cabeza
Así es

Tú me acaricias
Estoy envuelta en tus manos
Tú estás en mi corazón
Así es

# El monólogo de una flor

La alegría de un día feliz
como el viento no puedo permanecer largo.
Él me trajo unas flores
Cuyo perfume, más precioso que un diamante,
me había dado una inmensa alegría
Con el tiempo la alegría se desvanece
Y me quedo solo
En medio del jardín de mi casa natal

Se fue
dejando detrás de él
Una historia que no podría describir.
Desde el principio lo tengo sólo a él en mis ojos.
Me enfrento a un enorme farallón
Con el recuerdo de esos días.

Quiero mantenerlo a mi lado

Aunque solo es una pintura en una pared.

En las manos del viento

No queda más que la historia de una flor.

# La noche el viento gemía

En la calle helada de la estación
Durante varios días se vuelve un merodeador
De repente se agarró a mi ropa
Asustado, me doy la vuelta
Detrás de mí rápidamente él cruza la avenida.

Una noche aún más larga
Gritando, lucha contra un poste de madera
Nadie abre la puerta para mirarlo
Aumentando su violencia, golpea mi ventana
Cerca, no sé dónde, él maúlla como un gato
Al momento se esconde en la oscuridad.

Justo antes del amanecer
El merodeador cansado descansa sobre una pared
Se desliza y se sienta.

El primer tren de la mañana pasa
Escucho su señal
Salgo a verlo
Al final del tren en el último vagón
El manto del merodeador se mueve.

# Un día, el ave vuela

Todas las noches
Podía oír el ave, todavía pequeño,
Que no duerme.

Plegada durante el día
Desplegado para despejar la luz estelar
Con toda su fuerza sacudió sus alas.

Cada mañana
Recogí las plumas esparcidas en el suelo.
Evité cruzar sus ojos.

Un día, abrí la ventana
El describió un amplio círculo por encima de mi cabeza
Y encontró una salida en las nubes.

Cantó con una voz clara,
Poderosamente distancia
Nunca miró hacia atrás
Se convirtió en un pequeño punto que se imprimó en
mis ojos.

En el nido residual
El sol brillante se derrama
Una vez más, un pájaro se eleva.

# Una fotografía descolorida de mi padre

Encontré una foto vieja
Debajo de la almohada de mi padre.

En esta foto papá está jugando
Con sus niños en el río de su pueblo natal.

Todas las noches, se despertaba
Súbitamente en la pesadilla.
Entonces habría acariciado
Esta foto en la total oscuridad.

Tocaba las caras una por una con las yemas de los dedos.
Tuvo que dejarlos a cada uno seguir su camino.
Después estaba caminando sólo a la orilla del río con paso pesado y cansado.

Creo que se esforzó para sonreír
Me secó, estaba completamente mojada por el río
oscuro.

Ahora mi padre sigue el río
Esperando cada el día cuando el viento se detiene.

# La decisión

Un hombre sale del hospital
En búsqueda de medicamentos
A la farmacia

Vuelve a casa
Donde nadie lo espera
Por un momento, mira en sus manos
Pastillas y comprimidos
Luego los tira a la basura

Él sale de su casa
Mira al cielo

De repente aparece un ave
Volando hacia el sur

# La carta de mayo

Escribo una carta
Para enviarla en mis sueños.

Ahora es primavera que te gusta.
¿Todavía te pones el antiguo sombrero en invierno?
¿Todavía andas en la bicicleta vieja haciendo ruido?
Mama te siguió unos días después de que tú nos dejaste.
Creo que ella está contigo ahora mismo.
Hasta ahora yo te busco con los ojos llenos de lágrimas
Cuando me encuentro con un hombre mayor
que se pone el sombrero como tú
O cuando veo a un zancarrón sentado en el banco del parque.
Papá, cuando vengas a verme, te cocinaré tu comida favorita,

El pescado asado a la parrilla con el arroz.
Pronto llegará el día de los padres.
Quiero regalarte una nueva bicicleta.
Responde a mi carta.
Dígame si vienes.

Escribo en el sobre de la carta “A mi padre”
La pongo cerca de mi almohada y me acuesto.
Espero que llegue a mis sueños.

# Un día de lluvia sobre el mar

El mar ya ha dejado escapar la oscuridad

La superficie del agua es del color de la ceniza

En la línea del horizonte un barco,

Cruza la frontera entre el mar y el cielo.

# Un pino en la niebla

Me voy a la montaña que había visto
Camino en la niebla hecha toda la noche por el mar.

Más me hundo en los bosques y más pacífica es.
El bosque de invierno no me muestra el camino y
Borró las huellas que pasaron delante.

Entré a tientas en el bosque.
Sorprendido por los sonidos extraños
Árboles desnudos tratan de volver a dormir
Y se frotan el uno contra el otro sus cortezas para no
sufrir el frío.
Un árbol, cuyo nombre no conozco,
Me agarra la chaqueta.

Me siento aquí.
Reflexiono sobre el pasado.

Un pino está colgado en el borde de un precipicio
Que en niebla espera
Me hace grandes señales obstinadamente

Al bajar la montaña, el camino se ve más y más claro.
Decido no mirar hacia atrás.

# Historia de una casa

El primer hombre era carpintero
Hizo una ventana
Un día que se fue
Ella estaba allí.

El segundo hombre era un albañil
Construyó una chimenea
Un día que se fue
Ella todavía estaba allí.

El tercer hombre era un jardinero
Creó un parque
Un día que se fue
Ella siempre estaba allí.

El hombre qui se queda ahora es un viajero
No cambia nada
Él no se fue
Ella está aquí.

# Un día de soledad en Tokio

Un día cuando llegue la lluvia
Bebo dos tazas de café negro
Su fragancia universal de grano tostado
Calienta mi corazón que se siente solo.

Un día recibo una postal de mi casa lejos
Abro de par en par la ventana.
El viento me trae algunos estallidos de risa de los niños de mi ciudad

Un día no sé dónde estoy
Miro por todas partes y me detengo.
Miro el cielo.
Hasta ahí, mi padre me escucha
Los ojos de amor como antes.

Un día, lejos de todas partes, lejos de todo el mundo
Me siento
A escribir una larga carta a mí mismo

Para no olvidar que
Todos nos sentimos solos por un día.

# Receta de la felicidad

En primer lugar, cortamos el conflicto,
Pelamos el odio,
Enjuagamos la hostilidad.
Maceramos todo en un caldo de paciencia, de bondad y concesiones
Hasta que el conflicto se ablande
Que se suavice el odio
Y la hostilidad se reduzca.
En el caldo, los tenemos en reserva, añadimos un trozo de fotos de recuerdo.
A continuación, decantamos la mezcla en un molde de esperanza.
Cocinamos a fuego lento en un incendio de espera tranquila.
A menudo añadimos una pizca de humor y sonrisas.
Monitoreamos la evolución del plato.
Si ahora

El conflicto es del color de la naranja
El odio es del color de la rosa
Y la hostilidad tiene el verde de la esmeralda
El plato parece tener éxito.
Cubrimos con fantasía y dejamos reposar el tiempo
necesario
Finalmente ha llegado el momento de poner la mesa
Si es para el desayuno, decoramos con "Te quiero"
Si es un almuerzo, añadimos un "lo siento"
Si se trata de una cena, adicionamos un "gracias"
Dejamos la puerta abierta.
El amado vendrá a sentarse junto a ti
Servimos nuestro plato llamado "Hoy".

# Sabinillas

Seguí el sol que amo hasta un pequeño pueblo
costero que se extiende todo el año bajo el gran sol
de Andalucía.
Por la mañana el sol aparece desde el horizonte en
el Mar Mediterráneo y dibuja una obra maestra
diferente cada vez.
Cuando el cielo está muy claro, desde donde estoy,
veo África y Gibraltar parece el rostro barbudo de un
caballero acostado.

En verano, innumerables trajes de baño en la playa,
como uniformes, mezclan indiscriminadamente a los
ricos y los pobres.
Aquí los habitantes están sonriendo y es fácil hacer
amistades con otras nacionalidades.
En este pueblo del sur de España, todo el mundo
toma una siesta a medio día para descansar.
Luego, a las dos de la tarde, la pescadería, el taller, la
farmacia y todas las demás tiendas dejan las cortinas

hasta las cinco.

Me gusta este momento de silencio.

Al caer la noche, los niños y los ancianos juntos en las familias pasean por la playa.
En el verano una fiesta cada noche. A los sonidos de los músicos en la playa, en los callejones, los lugareños bailan, beben, se ríen, hasta el amanecer.

Aquí el aire puro nos ofrece, cuando el cielo está despejado, admirables noches estrelladas.
A veces una enorme luna ilumina el mar con su reflejo blanquecino.

En este pequeño pueblo encontré el camino hacia la felicidad.
La noche, cuando duermo, sueño.
En mi sueño vuelvo a ser una niña.

# El festival de la luna llena
## - Una noche de verano en España

Nos vamos a la playa para acercarnos a la luna.

Ella ya está flotando sobre el mar.

Las chicas están listas para ir al festival en el callejón.

La juventud en busca del amor tiene ojos que brillan.

Más tarde en la noche, en lo alto del cielo,

La luna llena extiende una generosa luz.

El mar nocturno abraza la sombra de la luna

Y la luna y el mar bailan un vals feliz toda la noche.

# Tú y yo

Ese día, tú y yo
A partir de una varita mágica
El mismo día
Al mismo tiempo
En la misma dirección de la misma línea de tren
En el mismo vagón
Terminamos sentados en el mismo banco.

Desde ese día, tú y yo,
Compartimos uno para el otro la carga
Compartimos uno para el otro el mismo idioma
Compartimos uno para el otro las ideas
Curamos uno para el otro las heridas
Atravesamos un largo túnel de tiempo.

Desde ese día, tú y yo
Juntos según el mismo plan

Juntos en la lluvia
Juntos cruzamos el desierto
Juntos encontramos el camino
Juntos llegamos sanos y salvos en un pequeño
castillo.

Hoy tu y yo
Aún en la magia de las hadas
Al mismo tiempo
A la misma velocidad
En la misma dirección
Caminamos juntos.

# La mujer en el espejo

Ella estuvo allí desde el principio.
Ella siempre me levantó de nuevo cuando me caí.
Era mi mejor amiga y una buena consejera.
Ella se rió en voz alta cuando yo estaba feliz,
Ella derramó muchas lágrimas cuando yo estaba triste.
Ella me estaba esperando allí cuando la buscaba.

Ella caminaba día y noche
Sin parar para llegar al día siguiente.
Ella llevaba sus cargas
Un poco más pesadas cada día,
Desde hace unos días estaba temblando paso a paso
Y finalmente ayer se derrumbó.

Hoy,
Me quité todas las etiquetas pegadas en ella.

<la hija mayor>,
<la madre de dos niños>,
<la nuera>,
<la maestra de muchos niños>,
<la poeta que escribía todas las noches>.
Miro las cicatrices grandes y pequeñas
Debajo de las etiquetas, una vez eliminadas.

Estoy orgullosa de ella
Era una guerrera que cumplía sus promesas hechas
para sí misma.